Annette Pehr

Briefe an Ch

Annette Pehnt

Briefe an Charley

Roman

PIPER
München Berlin Zürich

Mehr über unsere Autoren und Bücher:
www.piper.de

Von Annette Pehnt liegen im Piper Verlag vor:

Ich muss los
Insel 34
Der kleine Herr Jakobi
Hier kommt Michelle
Haus der Schildkröten
Mobbing
Man kann sich auch wortlos aneinander gewöhnen
das muss gar nicht lange dauern
Chronik der Nähe
Lexikon der Angst
Die Bibliothek der ungeschriebenen Bücher (Hg.)
Briefe an Charley

FSC
www.fsc.org
MIX
Papier aus verantwortungsvollen Quellen
FSC® C083411

ISBN 978-3-492-05728-8

Gesetzt aus der Granjon
Satz: Satz für Satz. Barbara Reischmann, Wangen im Allgäu
Druck und Bindung: CPI books GmbH, Leck
Printed in Germany

… vielleicht hatte ich mir das alles nur eingeredet, vermutlich alles erfunden von mir, existent nur in meiner Vorstellung nämlich in einem Wunsch daß es sei.

Friederike Mayröcker, brütt oder
Die seufzenden Gärten

Wissen, daß man nicht für den Anderen schreibt, wissen, daß diese Dinge, die ich schreibe, mir nie die Liebe dessen eintragen werden, den ich liebe, wissen, daß das Schreiben nichts kompensiert, nichts sublimiert, daß es eben da, wo du nicht bist, ist – das ist der Anfang des Schreibens.

Roland Barthes,
Fragmente einer Sprache der Liebe

2. Januar

> Ich halte dem Abwesenden unaufhörlich den Diskurs seiner Abwesenheit – eine ganz und gar unerhörte Situation; der Andere ist abwesend als Bezugsperson, anwesend als Angesprochener. Aus dieser eigentümlichen Verzerrung erwächst eine Art unerträgliches Präsens; ich bin zwischen zwei Zeitformen eingekeilt, die der Referenz und die der Anrede: du bist fort (und darüber klage ich), du bist da (weil ich mich an dich wende). Ich weiß also, was das Präsens, diese schwierige Zeitform, ist: ein unverfälschtes Stück Angst.
>
> *RB*

Das neue Jahr, schreibe ich an CHARLEY, hat dreckig angefangen. Aber ich schreibe wieder an dich. Ja, ich fange wieder an zu schreiben. Gestern noch überall Schnee hingepudert, jetzt sind die Straßen nass und bloß an den Rändern von schwarzen Wülsten gesäumt, Matsch und Silvesterasche. Nur die Autos beim Gebrauchtwagenhändler noch mit weißen Hauben besahnt.

Eigentlich, schreibe ich an CHARLEY, kann ich mir nicht anmaßen, von unserer Geschichte zu schreiben. Ich habe damals etwas mit dir erlebt, das ist meine Geschichte; du etwas mit mir, das ist deine, und ob sich Überschneidungen ergeben, können wir nicht mehr nachprüfen. Am Ende wird meine Geschichte von mir und CHARLEY eine meiner Lebensgeschichten sein, schreibe ich an CHARLEY, sehr viele davon gibt es ja nicht, mach dir nichts vor. Und wenn wir alt werden, schrumpfen die sieben oder acht auf ein oder zwei, wie bei Frau Becker, die ich früher gehütet habe, wenn ihre Tochter in die Oper oder mit ihrem lieben Herrn, wie sie ihren Verehrer nannte, essen gehen wollte. Ich saß bei Frau Becker, einer winzigen ledrigen Person, der ihre Tochter die dünnen Haare sorgfältig in der Mitte gescheitelt hatte, so dass längs über ihren Schädel eine nackte rosa Schneise die Haarfederchen teilte. Die ersten Male sprach sie nicht mit mir, wollte aber auch nicht, dass ich in die Zeitung schaute oder aus dem Fenster. Ich sollte ihr gegenübersitzen, an einer Art Pult, auf das die Tochter einen Teller mit Apfelschnitzen gestellt hatte. Frau Becker hatte eine geräuschvolle Art zu schweigen, sie räusperte sich, sie knirschte mit dem Unterkiefer und zupfte sich die Ärmel zurecht, in dem einen hatte sie ein Stofftaschentuch verborgen, das sie manchmal herauszog, um sich damit die doch völlig trockene Stirn abzutupfen. Auch ihre Hände waren trocken und rissig, mit den Fingern spielte sie an der Armlehne und fuhr an der Tischkante entlang, und die Füße setzte sie immer neu nebeneinander, während ihr Blick über mich hinwegglitt, im Raum herumfuhr und wieder rasch zu mir schwenkte, als ob sie kontrollieren wollte, dass ich noch anwesend sei. Dann und wann schob sie sich einen Apfelschnitz zwischen die Zähne. Ich versuchte, mit höflichen Fragen ein Gespräch in Gang zu bekommen, und später gelang das auch, aber die ersten Male gab es nur ein langsames, abfälliges Kopfschütteln, ich hatte mich noch nicht genügend bekannt gemacht, so schien es. Bei Frau Becker lernte ich, dass es genügt, immer wieder zu kommen, still dazusitzen und durch beharrliche Anwesenheit einen höheren Bekanntheitsgrad zu gewinnen. Es war wie ein Preis, als sie mir zum ersten Mal etwas erzählte, ganz ohne dass ich gefragt hätte.

Ich habe einmal Jesus getroffen, sagte sie. Ich schrak hoch, ich hatte wie immer nichts erwartet, auf der Kommode im Flur lag mein Geld, das ich nachher würde einstecken können, wenn die Tochter aus der Oper zurückkam, mit leuchtenden Lippen und vor Dankbarkeit glitzernden Augen und mit Zigarettenrauch in den Haaren. Frau Beckers Stimme war tiefer, als ich gedacht hatte, und während sie sprach, schaute sie auf meine Stirn. Später erzählte die Tochter, Frau Becker sei fast blind und könne nur noch sehr helle und sehr dunkle Flecken unterscheiden. Meine Stirn muss sehr hell gewesen sein damals.

Jesus, rief ich, wirklich, wann war das denn. Aber sie hörte mich gar nicht, sie hatte schon weitergeredet.

Er ging durch die Fußgängerzone in Oslo, sagte sie, ich wusste gleich, dass er es war, dabei trug er gar keinen Bart.

Warum sollte er denn auch einen Bart tragen, murmelte ich, aber ich hätte es mir sparen können, ich hatte schon begriffen. Von nun an war ich Frau Beckers schweigendes Publikum.

Er ging an den Geschäften vorbei und schaute in kein Schaufenster, sagte sie. Aber wo er vorüberkam, hoben die Menschen ihre Köpfe. Außer mir wusste natürlich niemand, warum. Ich wusste es sofort und winkte ihm zu. Auf einmal zwinkerte Frau Becker, sie legte ihren Kopf schief und hatte plötzlich einen raffinierten Zug um die Lippen, sie hat es, dachte ich plötzlich, ja faustdick hinter den Ohren, und ihre papierhafte Knittrigkeit ist womöglich nur eine Verkleidung. Und hat er Ihnen zurückgewinkt, fragte ich eingeschüchtert. Aber die Geschichte war schon zu Ende. Frau Becker nickte noch einige Male zufrieden, dann löste sich ihr Blick von meiner Stirn, der Auftritt war vorüber. Als die Tochter an dem Abend zurückkam, etwas außer Atem, weil sie beinahe die letzte Straßenbahn verpasst hätte, müssen wir, einander gegenübersitzend an dem kleinen Pult wie Schachspieler, jede tief in Gedanken, anders ausgesehen haben als sonst, jedenfalls rief sie, oh, ihr beiden habt es gemütlich. Ich verabschiedete mich bei Frau Becker, wie immer reichte sie mir nur langsam die Hand und drückte nicht zu, und die Tochter schob mir das Geld in die Jackentasche und schaute mich fragend an, mit erhobenen Brauen, als könnte sie als Zugabe zu ihrem atemberaubenden Opernabend noch etwas von mir bekommen, eine Geschichte, einen Augenblick, irgendetwas. Aber ich hielt dicht, meine Auszeichnung behielt ich für mich und zwinkerte Frau Becker noch zu, obwohl sie es sicher nicht sehen konnte.

Jedes Mal, wenn ich nun kam, überprüfte die Tochter die Gemütlichkeit, bevor sie davoneilte oder von ihrem lieben Herrn abgeholt wurde, der sich immer so hinter der Wohnungstür verbarg, dass ich ihn nie zu sehen bekam. Sie schob den Teller mit den Apfelstücken in die Mitte des Pultes, schloss noch das Fenster, fuhr der regungslosen Frau Becker durch die Haare und nickte mir verschwörerisch zu, bevor sie endlich die Tür zuzog. Ich setzte mich zurecht. Eine Weile würde es dauern, Frau Becker würde an ihren Kleidern nesteln und hin und her schauen, bis sie sich räusperte und die Geschichte von Jesus in Oslo erzählte. Mit der Zeit kamen noch zwei weitere Geschichten hinzu. In der einen ging es um einen Apfel, den ihr ein Mann geschenkt hatte. Er war in die Knie gegangen und hatte der jungen Frau Becker einen Apfel gereicht, der an Schönheit und Glanz nicht zu übertreffen war. Sie hatte ihn genommen und gleich hineingebissen, dass ihr der Saft übers Kinn spritzte. Aber geheiratet habe ich ihn nicht, sagte sie dann, es war ein triumphaler Satz, und sie rieb ihre Hände und stemmte sich vorsichtig in die Höhe. Nun mussten wir in die Küche gehen, wo sich Frau Becker ohne meine Hilfe, schwankend am Küchentresen und mit einem stumpfen Messer, einen Apfel schnitt, obwohl wir doch schon den Teller der Tochter hatten, aber es hatte keinen Sinn, sie daran zu erinnern. Das Apfelschneiden gehörte noch zu der Geschichte, sie schälte dünn und in einer großen Spirale, und ich stand hinter ihr und hielt die Arme auf, falls sie nach hinten kippen würde, wovor mich die Tochter ausdrücklich gewarnt hatte. Lassen Sie sie niemals allein gehen, sagte sie jedes Mal, sie schlägt hin, und dann ist alles aus. Von Stehen hatte sie nichts gesagt, und ich traute Frau Becker einen festen Stand zu, zumindest bis die Geschichte und der Apfel beendet waren. Ich traute mir auch zu, ihren Fall aufzuhalten.

Die dritte Geschichte war beinahe genauso kurz und handelte davon, dass auf den Lofoten niemand sein Haus abschloss.

Niemand, raunte Frau Becker. Wenn beim Kochen etwas fehlte, konnte man hinübergehen zu den Nachbarn und es aus der Küche holen.

Wie praktisch, murmelte ich und wartete auf den Satz, mit dem diese Geschichte immer zu Ende ging. Lorbeer, sprach ich leise mit, immer hat der Lorbeer gefehlt. Als ich später wegzog und nicht mehr auf Frau Becker aufpassen konnte, schenkte ich ihr zum Abschied ein Sträußchen Lorbeer, aber sie wusste nichts damit anzufangen und reichte mir nur stumm ihre warmen Finger.

Jetzt habe ich dir Frau Beckers drei Geschichten aufgeschrieben, so dass eine einzige daraus geworden ist, schreibe ich an CHARLEY, so wird alles immer weniger, und wenn noch etwas übrig bleibt, kann man sehr froh sein.

3. Januar

SCHREIBEN. Illusionen, Auseinandersetzungen und Sackgassen, denen das Begehren Gelegenheit gibt, das Liebesgefühl in einer ›Schöpfung‹ (namentlich schriftstellerischer Art) ›auszudrücken‹.

RB

Ehrlich, ich sollte in den drei oder vier Geschichten vorkommen, die du am Ende erzählen wirst. (Ich weiß übrigens nicht, ob ich ehrlich bin, ich schreibe so, dass ich mir gefalle und dir gefalle, ich werde nicht von dem anderen schreiben, vom alternden Körper, nicht von Warten und Vermissen.) *We are lost things*, hast du in England gesagt, als wir uns verlaufen hatten: wir sind verloren? Wir sind verlorene Geschöpfe? Dinger?

We are lost things.

Ob du es auch so siehst: Silvester ein jämmerliches kleines Fest, ungeschicktes Silvester, Brot in heißen Käse halten und Blei in kaltes Wasser werfen. Aber fällt dir etwas anderes ein? Gut, man könnte es ignorieren. Aber ich kann mir nicht dauernd frische Menschen suchen. Und so: wie jedes Jahr Pappbecher gehoben zur unscharfen Mitternacht, Jubel über die ganze Wiese asynchron getaktet, die einen waren noch im Alten, die anderen schon im Neuen, ein seltener Zustand der öffentlichen Ungleichzeitigkeit. Aber warum selten: eigentlich sind Menschen ja nie gleichzeitig, vor allem dann nicht, wenn sie es wirklich darauf anlegen, beim Turmspringen und beim Sex. Gespräche: große Feste des ungleichen Sprechens und verschobenen Denkens, der eine ist noch beim letzten Satz, bei dem er aber zugleich an den Sommer in Schweden, die Brüste der jungen Lehrerin seines Sohnes, die überteure Zuckerwatte im Europapark und an noch sonst wie viele Dinge denkt, während der andere zwar eifrig zuhört, aber nur darauf wartet, etwas ganz anderes zu sagen, das in so lockerem Zusammenhang zum Vorredner steht, dass eine Videoaufzeichnung großes Lachen hervorrufen könnte über die Dreistigkeit der Gesprächswendung. Aber als dreist wird Ungleichzeitigkeit ja nicht empfunden, schreibe ich an CHARLEY, oder bist du im Bett schon mal von deiner Gefährtin beschimpft worden, weil ihr ungleichzeitig wart? Man hält wohl eher die Gleichzeitigkeit für ein solches Wunder, dass man sie gar nicht zu erwarten wagt. Und so ist es ja vielleicht auch, schreibe ich, ein Wunder, wie die Töne einer Sonate sich im letzten Akkord in einem klaren G-Dur übereinanderlegen und genau gleichzeitig in völlige Stille münden; ein Wunder, wie zwei sich anschauen und gleichzeitig in Lachen ausbrechen; oder wie ich am Weidenzaun hochblicke, meine Hose im Stacheldraht verhakt, um nach dir zu rufen, und du dich in eben dem Moment umdrehst; oder überhaupt auch, wie zwei Menschen den gleichen Satz in einem Buch bemerken, in dem es Zehntausende von Sätzen gibt, ihn unterstreichen und herausschreiben, um ihn sich gegenseitig vorzulesen, aber damit verlasse ich vielleicht schon das Terrain, schreibe ich, das ist etwas anderes als Gleichzeitigkeit, vielleicht sollte es Gleichsinnigkeit heißen, und wir könnten Gleichzeitigkeit eher für Dinge reservieren: Eiszapfen, die im gleichen Moment von der Dachrinne brechen, Kugelschreiber, die in der gleichen Sekunde auf zwei verschiedenen Tischplatten landen, draußen ein Feuerwerk, während drinnen das Wasser überkocht, solche Sachen, was meinst du, CHARLEY.

Du wirst natürlich nicht antworten, ich weiß, und selbst wenn du zurückschriebest, was du nicht tun wirst, würdest du ja wohl nicht speziell auf diesen einen Satz antworten, so ist das beim Schreiben, das kann man eben nicht verlangen, dass dieser eine Satz so heraussticht, dass ihn der Leser sich vornimmt und durchdenkt und dann eine Antwort formuliert; es hieße ja auch, dass andere Sätze in dem Geschriebenen weniger bedenkenswert wären, und das würde ich als eine Kränkung empfinden, wie ich ja überhaupt in diesen Dingen sehr erregbar und leicht zu kränken bin, sonst nicht, aber in diesen Schreibdingen schon. Neulich hat Franz der Sprachsammler mich darauf hingewiesen, dass ständig sinnlose Doppelpunkte in die Texte hineingestreut werden. Das war mir nicht aufgefallen, aber einmal gewarnt: finde ich sie natürlich stets und überall. Aber bei mir haben sie, musste ich Franz belehren, auf jeden Fall einen Sinn, sie sind eigentlich mein Zeilenumbruch, weil ich mich nicht traue, Lyrik zu schreiben, also muss ich eben orthografische Mittel finden, um Atempausen zu setzen und kleine Lücken in die Texte zu reißen, und das geht sehr schön mit dem Doppelpunkt. Das ließ Franz durchgehen, es gefällt mir, dass er sehr streng in diesen Schreibdingen ist, er findet auch, alle Welt würde unnötig ›sozusagen‹ sagen, er kam darauf, weil ich ihn in der Stadt traf und begrüßte mit dem Ausruf, ich hätte leider kaum Zeit, ich müsse sozusagen schon woanders sein. Mit dem ›sozusagen‹ wollte ich vermutlich die Peinlichkeit ausdrücken, die es mir bereitet, mich als eine dieser abgehetzten Vorweihnachts-Kaufirren zu zeigen, ich musste zwar wirklich woanders sein, aber ein Schwätzchen wäre angebracht, vielleicht sogar nötig gewesen, um dem irrsinnigen Kaufen einen Augenblick der Ruhe und des gemeinsamen Gespräches (=Fest der Ungleichzeitigkeit) entgegenzustellen. Das alles steckte vermutlich in dem ›sozusagen‹, müsste ich Franz eigentlich noch sagen, schreibe ich an CHARLEY, und nun sage ich es dir, und damit ist es zumindest einmal gesagt. Franz sammelt diese Begebenheiten, und einer muss das auch tun. Er kommt gelegentlich aus Irland rüber, geht hier durch die Straßen mit frischem entwöhnten Gehör, gierig nach *German*, und so entgeht ihm kaum etwas, er schreibt alles auf sehr kleine Zettel, Einkaufszettel wohl, und ich hoffe für die Sprache, dass er diese Zettel aufbewahrt und ordnet (warum sollte Franz' Zettelkasten der Sprache helfen? Würde er, wenn überhaupt, dann nicht ungeordnet genauso helfen wie geordnet? Warum sollte mein Schreiben der Sprache helfen? Braucht die Sprache Hilfe, und was ist sie? Ist ›sozusagen‹ etwa keine Sprache?).

Ich denke, CHARLEY, dieses verschärfte Sammeln und Aufschreiben ist vergleichbar mit den Lesungen, die mein Freund Toni auf Friedhöfen veranstaltet. Er geht etwa einmal die Woche auf einen möglichst alten, vermoosten und vergessenen Friedhof und liest die Namen der Toten auf den Grabsteinen laut vor. Man darf ihn dabei nicht stören, es ist eine Aufgabe, die er übernommen hat, weil auch er sich wünscht, in dreißig oder fünfzig Jahren noch einmal beim Namen gerufen zu werden, und weil außer mir niemand von seinem Wunsch weiß, werde ich diese Aufgabe übernehmen müssen, es sei denn, du leistest mir Gesellschaft, CHARLEY.

So wie auch heute Nacht, wo ich nicht aufhören kann, an dich zu schreiben, dabei ist mir noch müde im Hirn von Silvester, Alkohol spüre ich noch Tage später (obwohl ich gern trinke und viel: wem sage ich das). Ich spüre ihn in den Augen, die sich langsamer als sonst bewegen und sich vielleicht deswegen nicht schließen wollen heute Nacht, auch nicht, wenn ich durch die billigen Nachtsendungen rausche oder die immergleichen Webseiten über heimatlose Streunerhunde und Fluxus und seufzende Gärten. Ich könnte ja auch neue heraussuchen oder dich googeln, aber in mancher Hinsicht bin ich, sozusagen: eine treue Seele, und so auch dir.

4. Januar

Die Nacht hat ja kaum stattgefunden, schreibe ich an CHARLEY, ich weiß nicht, ab wie vielen Stunden man überhaupt von ernst zu nehmender Nacht sprechen kann, die Stunden ohne Licht müsste man wohl zählen oder die ohne Bewusstsein, von beidem habe ich sehr wenig gehabt, was genauso folgenreich ist wie Weintrinken oder jedenfalls Rotweintrinken (mehr als zwei Viertel und ohne ordentlich was im Magen). Jedenfalls hängt hier schon wieder ein Morgen unentschlossen vor dem Fenster herum, eher milchig gibt er sich bisher, und wenn ich einen der Millionen Streunerhunde adoptiert hätte, müsste ich nun aus dem dicken Deckenhaufen heraussteigen und mit ihm in diese klamme Angelegenheit raus, ich weiß nicht, ob das gut für mich wäre, aber vielleicht ist das auch schon, wie Friederike Mayröcker schreibt (im besten Buch, das ich jemals gelesen habe), zu viel Introspektion.

Es gibt mehrere dieser besten Bücher, du weißt es, schreibe ich, einige davon haben wir uns geschenkt, Sätze darin gefunden und einander geschrieben, und diese Bücher würde ich am liebsten ganz komplett nachdrucken, also Wort für Wort, allerdings wäre es dazu wohl vonnöten, dass ich sie geschrieben hätte. Träum weiter, wirst du sagen, CHARLEY, aber du würdest dir meinen Wunsch anhören und mich auch nicht damit aufziehen, sonst könnte ich ihn ja niemandem gestehen, am allerwenigsten Frau Mayröcker, die ich, sehenden Auges in die immer gleiche uralte Falle aller Leser tappend, blindlings liebe, in diesem Buch liebe, also ihre Sprache liebe, aber während ich dieses Buch lese, ist mir egal, dass sie vermutlich nicht nur aus der Sprache dieser 275 Seiten besteht. Ich würde im Moment trotzdem behaupten, dass sie zu großen Teilen daraus besteht, gut, bestand, das Buch ist elf Jahre alt; kurz: es ist mir egal.

Jedenfalls, CHARLEY, habe ich über die letzten Jahre die besten Bücher, die ich jemals gelesen habe, eben allein gelesen, es sind schon einige geworden inzwischen, ich habe aber immer an meiner Unart festgehalten, die besonders großartigen Seiten mit winzigen Eselsohren zu markieren, damit ich sie schneller finde, wenn wir sie doch noch irgendwann gemeinsam lesen sollten. Bei Friederike Mayröcker sind es beinahe alle Seiten. Darauf glühen Sätze, Wendungen, lass es Halbsätze sein, Wortfügungen, die auf genaue Art rühren (wenn du weißt, was ich meine): oder sagen wir, es ist eine Bewegung der Gedanken, die mit großer Tiefenschärfe hergestellt wird und in deren Folge ich die Dinge besser sehe, wie sie sich auf unbeholfene Weise immer wieder zu Wort melden: wie der Teekessel am nächsten Morgen noch das Wasser in der Restwärme hält. Solch ein Gruß könnte auch mich heute erwarten. Bei anderen, die nicht so still für sich leben wie ich, so kratzfüßig und alleinherrschend in der Einsiedelei, da macht ja einfach der Gatte morgens den Kessel an, dann ist das Wasser auch warm. Oh die kleine Schreiberin allein in der Kissengruft, noch nicht einmal ein Hund haart in ihr Bett, der Tee kalt, hier müsste ich dringend aufhören, an dich zu schreiben, schreibe ich, weil du mit Jammern nicht zurechtkommst.

Nicht, dass es dich ärgert, du weißt einfach nicht, welche Möglichkeiten es gäbe, um so ein Jammern zu stillen, dabei könnten es sehr einfache Handreichungen sein. Eine Hand in den Nacken, eine auf die Stirn. Wie bei Kindern, wenn sie krank sind, weißt du. Eine Hand flach auf den Bauch gelegt, ein Lied am Klavier angeschlagen oder nur unter meinem Fenster gepfiffen, Schulter an Schulter die Nachrichten geschaut und sich zusammen ein wenig beunruhigt, warme Socken über die Zehen, solche Dinge eben. Eine Hand auf die Mulde am Steißbein. Eine Handvoll Haare packen. Die Füße aneinanderlegen. Zehen verknoten, Hand aufs Herz. (Vielleicht hätte ich dir eine Liste schreiben sollen, damals, und vielleicht hast du es inzwischen auch selbst gelernt.)

Es gibt ja verschiedene Sorten Jammern, mein Jammern heute Morgen: Windstärke 2, sei ehrlich, 1, mehr war es nicht, anderes Jammern überall auf der Welt: Windstärke 5 aufwärts, da ist es dann eben auch kein Jammern mehr, sondern Klage. Klage: etwas ernstes Großes, mir selten über die Lippen gekommen (nicht bei unserem Abschied). Heute Morgen, gut, ich muss schon sagen: es jammert mich, nur die Tasten zu haben und meine Finger auf ihnen, und nicht deine Finger an meiner Schädeldecke oder auf der Nasenwurzel, aber gerade das kann ich dir kaum schreiben, das ist es ja, wenn jemand fehlt: man kann es ihm nicht sagen, und an der Menge der Doppelpunkte siehst du, dass Lyrik sich aufdrängt, klagende Zeilen wollen stockend gesprochen werden, ich könnte mich in das jahrtausendealte

Lamento einklinken, ein Gedanke, der mich erfreut: gute Gesellschaft.

Versuch über CHARLEY 1

Der Jammer um ihn herum erreicht ihn nicht. Nur so kann er seine Arbeit tun. Er sieht die geöffneten Münder, die Tränen, die Leiber, die sich vor Schmerz wölben und biegen, ein Stöhnen liegt über dem Lager, aber seine Ohren sind verschlossen. Er geht langsam von Baracke zu Baracke und schaut nach allen, denen, die jammern, und denen, die schweigen. Es spielt keine Rolle, ob jemand am Ärmel seines Kittels zupft oder sich an seinen Hosenbeinen hochzieht, ob ein Kind zitternd nach ihm ruft oder eine Frau vor ihrer Baracke steht und gellend schreit, er setzt einen Fuß vor den anderen und schaut jedem ins Gesicht, an dem er vorüberkommt, dem Stillen und dem Heulenden, dem Lachenden und dem Sterbenden, es gibt sie alle hier, oft in einer Baracke versammelt, und er schaut sie an, schreibt sich auf, was zu tun ist, er holt Packungen mit Medikamenten aus seiner Tasche, setzt Spritzen, streicht über Augen, richtet ausgekugelte Arme und verteilt Elektrolyte, viel hat er nicht dabei. Wenn er seine Runde beendet hat, geht er zurück ins Ärztezelt und sinkt auf einen Stuhl. Laura reicht ihm einen Kaffee, sie macht ihn viel zu dünn, aber es ist ihm egal. Laura ist noch nicht lange hier, sie beobachtet ihn, vielleicht um von ihm zu lernen, vielleicht weil er ihr gefällt. Er spürt ihre Blicke, aber so wie das Jammern nicht in ihn eindringt, gleiten auch ihre Blicke an ihm ab. Nachts auf seiner Pritsche schläft er sofort ein, er vermisst nichts. Er liest nicht mehr, denn seine Augen brennen von der Hitze des Tages; er läuft nicht mehr, denn über den Tag macht er genug Strecke; er tut nichts von dem, was ihm frü-

her lieb war, er hat es einfach vergessen. Niemals denkt er über den Tag nach, denn er muss sich ausruhen, um morgen wieder seine Arbeit zu tun.

Wie gefällt dir das, CHARLEY? Ich kann dich zum Helden der Schweigenden machen, CHARLEY, in Irak, Ossetien, Afghanistan, in der Ukraine, wie findest du das? (Einmal hast du mir, jetzt fällt es mir wieder ein, als ich vom Fahrrad gestürzt bin, mit großer Ruhe den Schotter aus den blutenden Handflächen gewaschen, die Wunde abgetupft und mit Pflaster verklebt.) Soll ich dir in jedem Brief eine andere Haut überziehen? Würdest du mich dann lesen? Es muss dir gehen wie mir, die alte Haut ist dir zu eng oder zu weit geworden, oder, CHARLEY, es passt alles nicht mehr, schlackert hier und spannt dort, du hast es dir anders vorgestellt oder gar nicht vorgestellt: lass mich das übernehmen, ich stelle mir für dich vor, was du willst, und schreibe es auf für dich. Wir können ins Gespräch kommen, weißt du. Ich könnte dir nach Wunsch Lebensgeschichten auf den Leib schreiben, das wäre eine freudvolle Aufgabe. Auch anderen Menschen könnte ich nach Bedarf ganz neue Häute überstreifen, Laura zum Beispiel in der Geschichte. Sie hat dich im Blick, sie schaut sich was ab, aber im Moment kommt sie noch nicht zum Zuge, gut, Kaffee ist wichtig. Sie will mehr, und je nach Wunsch könnte ich sie ganz groß rausbringen oder kleinhalten, sie könnte Kaffeebiene bleiben oder mutige Jungärztin werden, wir könnten sie überraschen mit einer Variation, die sie nicht zu träumen wagte, oder sie schlichtweg streichen und mich hineinschreiben, CHARLEY, einfach überall, wo

Laura steht, mich einsetzen, ich will mich aber nicht aufdrängen.

Übrigens, CHARLEY, könnte ich ihr ebenso eine schädliche Geschichte auf den Leib schreiben, einen toxischen Text, der in sie eindringt wie eine hochgiftige Substanz. (Geschichten können Asbest sein, wusstest du das?) Ich muss also, um Laura zu schaden, falls es sie gibt, nicht aus dem Haus gehen, ihr nicht die Reifen aufschneiden oder das Balkongeländer ansägen, ich bleibe einfach hier, wo ich bin, an meinem alten Schreibtisch mit den vielen Schubladen, in denen ich Fundstücke aufbewahre: einen Stein mit einer feinen Maserung (aufgehoben, als wir durchs Gebirge gingen), Zimmis Geburtsbändchen, auf dem die Uhrzeit der Geburt notiert ist (frühe Morgenstunde) und ihr Gewicht (2800 Gramm), Papier, sortiert nach Farbe und Beschaffenheit, eine alte heisere Flöte und die Kassetten in den zerbrochenen Plastikhüllen mit Zimmis Kindergeplauder, Stadtpläne von Orten, an denen ich war, meine Wanderungen mit Kugelschreiber nachgezeichnet. An diesem Tisch (im Museum) sitze ich im Schneidersitz (meine gekreuzten Beine ragen links und rechts über die Sitzfläche des Bürostuhls) und schreibe eine giftige Geschichte über Laura, Lisa oder wie sie eben heißt, die, die dich dann gekriegt hat, wenn es sie gibt: Verhöhnung, unguter Zauber, das ist nicht so harmlos, wie du glaubst (jetzt drohe ich dir schon), nun ja, aber du wirst es nicht lesen, so dass sie keine weiteren Folgen haben wird, meine wortgewordene Eifersucht (aber vielleicht liest sie es? Eitrige Freude schwillt mir in der Galle). Beschwichtigungsgesten: ich schreibe besser von anderem, CHARLEY, Eifersucht macht schmallippig und engkehlig, kräuselt die Stirn und verspannt alle kampftechnisch nutzbaren Muskeln im Körper. Lass mich von den Vögeln im Garten schreiben: den Vögeln in Afghanistan, Vögeln auf dem Acker im November, dem Krähenbaum am Bach. Vögeln, die wissen, wann sie schweigen müssen, zum Beispiel, wenn es dunkel wird.

5. Januar

> Obwohl der Diskurs der Liebe lediglich ein Schwarm von Figuren ist, die sich in unvorhersehbarer Reihenfolge, nach Art der Zickzackflüge einer Fliege im Zimmer jagen, kann ich der Liebe doch, wenigstens retrospektiv, imaginär, ein geregeltes Werden und Entstehen bezeugen: durch eben diese *historische* Phantasie mache ich daraus manchmal: ein Abenteuer.
>
> *RB*

Heute wieder Krieg an der Meisenkugel, schreibe ich an CHARLEY, Kaffee leer, rauchen will ich nicht mehr, du hast es nie gemocht. Zeit, diese maßlose Introspektion etwas zurückzuschneiden, Friederike Mayröcker schneidet nichts zurück, aber ich habe ja auch nicht ihre Sprache, mit der sie den Überschuss der Sprache einfängt und zugleich erzeugt. Und auch sie schreibt für jemanden, der nicht da ist, der aber ab und an Postkarten schickt, siehst du? Sie hat es besser. Also Zeit, heute etwas Welt in die Watte hineinzulassen, der Spaziergang gestern reicht da nicht (Weinberge, Eispfützen, schön so weit, aber doch nur ein gewaltig kleiner Ausschnitt von Welt). Womit wollen wir uns heute beschäftigen, CHARLEY? Ich tue es ja auch, ich lese, höre und schaue Nachrichten, News, Kommentare, Brennpunkte, immer, wenn etwas passiert; ich fühle mich aufgerufen, bedroht und unbeteiligt, ich google wieder und wieder IS und TTIP, Syrien und Lampedusa, NSA und Ukraine. Eine düstere Unterhaltsamkeit, geschäftiges Surfen, sich ein Bild machen, mitreden, wenn der Tsunami oder Ebola oder die Kernschmelze kommen, es ist entsetzlich, das Entsetzliche so gut verarbeiten zu können. Nichts wirft mich aus der Bahn, niemals will ich die Tasche packen und helfen, aber andere tun das, sie ziehen Schutzanzüge an und stehen vor Ort bei den Menschen und tun das, was sie am besten können, sie nähen, fotografieren, reparieren, füttern oder trösten, oder, was auch ich könnte: sie schreiben. Ich tue es nicht, und genauso wenig höre ich weg (beides geht nicht), ich bin eine kaltblütige Zeitgenossin. Halbherzig lasse ich die Ereignisse in mich hineinrieseln, fadenscheinige Empörungsspuren ziehen sich durch die nächsten Tage, ich lese den Argumenten noch eine Weile hinterher, aber schon schlägt die nächste Kugel ein, und: was denkst du?

Jemand hat, lese ich, aus humanitären Gründen eine Kurdin geheiratet, oder war es eine syrische Christin, eine afghanische Aktivistin, jedenfalls ein politischer Flüchtling, trotzdem wäre sie abgeschoben worden, und dieser Menschenrechtler hat sich gemeinsam mit ihr auf die Scheinehe vorbereitet, die er Schutzehe nennt, hat sich bürokratisch fortgebildet, sie haben alles geübt, eine gemeinsame Wohnung eingerichtet, Zahnbürsten und Gesichtspflege im Bad aufgestellt, auswendig gelernt, wer den Müll nach unten bringt und wer auf welcher Seite im Ehebett schläft, sie mussten jeden möglichen Verdacht vorwegdenken, denn mit der Ehe, wenn sie mehr als ein paar Jahre hält, schenkt der Mann der Frau Schutz, also Leben. Damit hat die Ehe zu ihrer vornehmsten Bestimmung gefunden. Schau, und wir sind bis heute nicht verheiratet, schreibe ich an CHARLEY, du nicht mit deinen Frauen, ich nicht mit meinen Männern, und schon gar nicht wir miteinander.

Wie kann die Empörungsspur sich zu einem Strick verdicken, der mich ins Handeln reißt, schreibe ich an CHARLEY, oder ist Schreiben auch Handeln (was sonst), ich lese bei den politischen Lyrikern nach, die es hin und her wenden, und wieder bleibe ich zaudernd zurück.

Beinahe aber wäre die Schutzehe der beiden doch aufgeflogen, als nämlich bei der Befragung beide getrennt vernommen wurden. Wann war Ihr erstes Mal? Das hatten sie nicht abgesprochen, es hatte ja kein erstes Mal gegeben, also hatten sie die Frage gar nicht erwartet. Beiden fuhr der Schreck zwischen die Rippen, beide lächelten den jeweiligen Beamten an, überlegten kurz, was der andere um Himmels willen antworten würde, und beide sagten: nach der Party, auf der wir uns kennengelernt haben. Das war ihr großer Wurf, das wortlose Einverständnis, das sonst nur innig verliebten Paaren gegeben ist, angeblich (dabei geht noch nicht einmal Sex ohne Worte), oder, wie sie später sagten, ein Engel habe es ihnen eingeflüstert. Jedenfalls waren die Beamten zufrieden, die Ehe galt als echt, die beiden leben längst nicht mehr zusammen, besuchen sich aber oft und gehen gern miteinander ins Kino.

Versuch über CHARLEY 2

CHARLEY geht ins Flüchtlingsheim, um endlich etwas zu tun, statt nur zu reden, er muss nachschauen, wo es liegt, dabei ist es praktisch um die Ecke, die längliche Baracke hinter dem Getränkemarkt. Es ist umzäunt, aber das Tor steht offen, und an den Wänden des alten Gebäudes wachsen Sonnenblumen, die im Wind schwanken, an den Wäscheleinen schlagen die feuchten Kleider schwer im Wind. An den Fenstern Trauben von Satellitenschüsseln. Unten im Eingang ist eine Art Empfang, ein Tresen, hinter dem jemand sitzt und Listen durchschaut. CHARLEY steht eine Weile dort herum, aber niemand beachtet ihn. Aus den Fluren dringt gellendes Gelächter und das Geräusch eines aufprallenden Balls. An einem Getränkeautomat stehen zwei schlaksige Schwarze und reden leise. Er räuspert sich und fragt den Jungen am Empfang, ob er zu Besuch kommen und was er tun könne, um zu helfen. Der Junge wirkt nicht überrascht, er erklärt ihm kurz, dass die Freiwilligen eingeteilt seien und festgelegte Einsatz- und Betreuungszeiten hätten, dass er aber sehr gern zum nächsten Treffen kommen und sich einbringen könne. Außerdem würden Sachspenden benötigt, Kinderfahrräder und Männerschuhe ab Größe 44. CHARLEY nickt und schaut den Gang entlang. Er traut sich nicht, einfach herumzuspazieren, es gibt ja nicht viel zu sehen, und er will auf keinen Fall hier herumschnüffeln, und besuchen kann er auch niemanden, den er nicht kennt. Seine Schuhgröße ist 43, er hat immer schon zarte Füße gehabt.

Das könnte auch ich sein, CHARLEY, ich habe uns verwechselt, ich war das nämlich, stand schon davor und habe gezaudert. Für die Geschichte leihe ich dir meine Unentschlossenheit, du kannst sie haben und brauchst sie nicht zurückzugeben, sie steht mir nicht, und ich bin froh, wenn ich sie los bin.

Einkaufen, der Restmatsch der Winterverzuckerung verschlammt den Eingangsbereich, wo ein altes Paar am Stehtisch Milch in den Kaffee rührt und wo die Vogelfutterpäckchen bereitliegen, körnige Fettkugeln, mit denen die Bäume noch einmal geschmückt werden und ich die Schöpfung unterstützen könnte. Für die Igel und die Wildkatzen macht das niemand, tote Mäuse bereitlegen, Insekten aufspießen, aber den Vögeln wünscht man ein leichtes Überleben, Futterkugeln in die Zweige, die nach wenigen Tagen nur noch schlaffe Säckchen sind, um deren Reste sich Amseln und Meisen drängen und hacken, ein kleiner Krieg, so grausam geführt wie jeder große, darunter warten die Katzen auf Kollateralschäden. Ich suche mir Essbares zusammen, kleine Speisen, einfach zu erwärmen, ich bin nachlässig geworden, oft greife ich mir saure Gurken aus dem Kühlschrank und rolle sie in Schinkenscheiben, schneide mir Stücke vom Käse herunter, dazu Salzstangen, solche Dinge eben, und viele Äpfel, jeden Tag, Sellerie, manchmal ein Paket Blätterteig.

In den Regalen liegen noch Weihnachtsreste, alles billig und verkrümelt, zusammengehalten durch Zuckerguss und Zellophan, und ich packe Spekulatius in den Korb, die dann zu Hause zu einem Teestündchen führen könnten, wenn jemand vorbeikäme, CHARLEY, immer mitgedacht, dass du der Gast sein könntest, für den ich Futterkugeln in den Busch hänge und Spekulatius auf den Teller lege, für den ich die Fußmatte ausgeklopft habe vorhin, auch die Berge alter Zeitungen hinausgebracht, es soll hell sein und ein Willkommen für den, der zur Tür hereinkommt (Willkommenskultur), ich könnte auch Kerzen kaufen, die sind jetzt billiger, Inbegriff des traulichen Tisches, an dem ich nachher die vegetarische Pizza auftauen werde, in der Erwartung von nichts.

Triumphal die schiere Menge der Gäste in anderen Häusern, sie parken in der Straße und drängen sich an den bekränzten Türen, in Rudeln stehen sie in den Gärten und rauchen, Unmengen von Nahrung werden verarbeitet, ich sehe durch die Fenster geselliges Schneiden und Braten, Dünsten und Schwenken, Taschen tragende Zulieferer, Körbe voller Fleischstücke und Lauchzotteln. So wie meine Mutter gekocht hat, so habe ich es gelernt, praktisch und ohne Ehrgeiz, alles in große Formen gewürfelt und Käse darüber, das gab Auflauf für alle, Gäste waren nicht oft im Haus, und wenn, dann blieben sie unbekocht. Tischtücher lehnte sie ab, weil sie nicht bügeln wollte, damals hätte ich mir mehr Requisiten und glänzenderen Aufwand gewünscht, aber meine Mutter wollte arbeiten und rauchen, und inzwischen erkenne ich die Tapferkeit in ihrem schmalen Programm: keine Hausfrau sein, das Heim nicht schmücken, Backen ein Gräuel, es gab anderes zu tun. Festliche Mahlzeiten hätte ich allein üben müssen, schreibe ich an CHARLEY, aber wo soll man anfangen, welche Servietten passen, wie das Fleisch garen. Auch gehen Manieren verloren, du glaubst nicht, was man sich genehmigt, wenn niemand zuschaut, mit trotziger Scham den Teller abschlecken, die Finger an der Hose wischen (gleich in die Maschine oder auch erst übermorgen), das Weinglas spare ich mir, auch den Brotkorb habe ich in den Keller gebracht. Ständig habe ich Hunger, Quark direkt aus der Packung gelöffelt, hart gekochte Eier in den Rachen gebröselt und das Salz hinterhergeschleckt, ich schneide mir wahllos Scheiben vom Brotlaib herunter, häufe Pflaumenmus darauf, stopfe alles zwischen die Zähne und gieße Wasser hinterher, bis sich der Magen unter meinen Händen wölbt, aber es hält nie lange vor, und ich weigere mich, Hunger zu deuten, verstehst du. Wenn ich hungrig bin, brauche ich ein Nahrungsmittel. Meine Mutter hat mich das Improvisieren gelehrt, schreibe ich, du weißt noch, wie ich trotzdem manchmal ein Gastmahl versucht habe, und kopfschüttelnd hast du mir zugeschaut und dich gewundert: wo ist denn deine Vorratshaltung?

Du hattest einen Haushalt, es war eine Freude. Alles in sorgfältig beschriftete Gläser gefüllt, Reis, Nüsse, Vanillezucker, mit Schraubverschlüssen gegen die Motten, und auf dem Küchenbrett Kresse, die aus dem Rücken einer kleinen Tonziege spross (ein Mitbringsel aus der Provence), man musste die Ziege gießen, dann wuchs ihr bitteres Fell, und Dill in einem blauen Emaillebecher. Ich hatte nie Vorräte, auch jetzt nur sehr wenig, Teebeutel, Kirschmarmelade, einige Packungen Nudeln, keine Lieblingshändler auf dem Markt, keine zwinkernden Apfelgeschenke von der umschwärmten uralten Marktfrau. Die Farbigkeit der Obsthaufen finde ich übertrieben und den Honig, den der Imker hinter dem Münster zum Probieren reicht, klumpig. Eine fette Kulisse das Ganze, früher hatten sie sogar Hühner dort, um die sich die Kinder scharten, und einen Bürstenbinder in Lederschürze, ein großes Freilichtmuseum.

Wenn die Stände abgebaut werden, verkeilen sich die Lieferwagen auf dem engen Platz, Salatblätter verschmieren das Kopfsteinpflaster, überall der Schleim des Zurückgelassenen. Im Supermarkt werden welke Blätter wenigstens rasch entfernt, ein Lehrling sprüht einen Wasserschleier über das Gemüse, und was schlecht ist, kommt weg.

So leicht ist es beim Schreiben nicht, zwar ahnt man, wo es faulig ist und wo zu viel herumliegt, auch wo es zu dünn ausgesät ist, das Wegschneiden muss streng sein und das Hineinsäen probeweise verschwenderisch, aber beides ist schwer zu schaffen von einem einzelnen Gärtner, und man braucht kräftige Finger, einen Hut aus Filz gegen Sonnenbrand und ein gutes Feuer, in dem man die Reste zu kräftiger Asche verbrennen und gleich wieder auf das Beet werfen kann, damit sich gar nicht erst eine Lücke im Versorgungskreislauf der Sprache auftun kann, schreibe ich an CHARLEY, du weißt als Gärtner, wovon ich spreche. In deinem Haushalt gab es ja auch die eingemachten Gartenfrüchte, die mochte ich nicht sehr: eingemachte Zucchini und Gurken, die wurden blass im Essig wie eingelegte Fischkadaver, Marmelade natürlich, es durfte eben nichts umkommen, was der Garten in seinem freundlichen Überschuss dir geschenkt hatte, Garten nicht als Metapher. Du warst ja auch, schreibe ich, immer ein wenig ergriffen, wenn wir in deinem Garten waren, obwohl du es überspielt und dir Kirschen hinter die Ohren gehängt und Petersilie in die Nasenlöcher gesteckt hast. Du hattest keinen Wasseranschluss, im Hochsommer endloses Gerenne zwischen Bach und Beeten, mit Gießkannen, die uns zwischen die Beine schlugen, aber dafür gehörte dir dieser Gartenschuppen, mit regendichtem Dach und einer alten morschen Pingpongplatte, die Setzlinge standen hier in Paletten unter Folie und sammelten Kraft, und manchmal gabst du ihnen sogar Namen. Ich hatte immer die falschen Kleider an, wenn ich im Garten half, ich wollte entweder heranwehen und in einem Korb Kirschkuchen bringen oder heranstapfen und Unkraut hacken, aber es fiel mir schwer, im Vorfeld die richtige Rolle zu wählen, und, ganz ehrlich, schreibe ich an CHARLEY, eitel bin ich auch, die mit dem Korb und dem wehenden Rock ist anmutiger, die andere dagegen kann Pferde stehlen und Giersch ausrotten, bis heute habe ich mich nicht entschieden, wo doch kein Garten mehr in Sicht ist, und die Ergriffenheit hat sich verflüchtigt. Ein Trost liegt im Wühlen und Graben, auch bei Friederike Mayröcker ist das so, aber sie gräbt in ihren Papieren, sie beschreibt Grabungen und Freilegungen, und Überschwemmungen, wenn Gläser kippen oder Wasser tröpfelt, ganze Sätze lösen sich in Tintenschwaden auf wie im Juniregen.

Was ist das mit dem Graben? Die Graber wenden etwas um, sie kratzen etwas heraus, das Bild ist aber zu einfach, ich kann ihm nicht vertrauen, unter der Erde liegen vielleicht Giftfässer und Knochen, Kanalrohre und Altöl. Ich sehe dich grabend im Garten, einen Zollstock in der Hosentasche, was wolltest du ausmessen? Kirschsaft und Gläser, eine Brille im Gras. Das stumpfe, körnige Geräusch des Spatens, der den krustigen Boden aufbricht. Ein Bild von dir, ja, ein altes Foto, deine Mutter hat es mir damals herausgesucht, als wir sie besucht haben (freudiges Schwanzwedeln auf beiden Seiten): du auf einem Obstbaum, Birne oder Kirsche oder auch Zwetschge, ich habe es vergessen, ein Junge in sehr kurzen Lederhosen, die Augen zusammengekniffen in der Sonne, von unten fotografiert, deine Pausbacken wie Obst. Auch diesem Bild traue ich nicht. Eine meiner schlechten Geschichten: vom Gärtner, der seinen Garten hegt wie sein eigenes Ohr oder Auge. Ich behalte sie für mich.

6. Januar

> Die Eifersucht ist eine Gleichung mit drei Unbekannten (Unbestimmbaren): man ist immer auf zwei Personen zugleich eifersüchtig: ich bin eifersüchtig auf den, den ich liebe, und auf den, der ihn liebt.
>
> *RB*

Nein, CHARLEY, schlechte Geschichten sollten ungeschrieben bleiben.

Schlechte Geschichte 1 (Skizze):

Auf jede Regung des Wetters, des Bodens und der Tiere reagiert der Gärtner. Im verwilderten Nachbargarten wartet eine Frau gierig und eifersüchtig, dass er durch den Zaun, das Efeu und die Brombeerhecke hindurch genau in ihre Augen sieht, aber er hebt niemals den Blick. Irgendwann schiebt ein Mädchen ein Fahrrad den Pfad entlang, es schaut suchend an den Gartentoren nach der Nummerierung, bis es den Rosenbogen des Gärtners entdeckt. Es lehnt sein Rad an den klematisüberwucherten Lattenzaun und ruft ihm einen Gruß zu. Er hockt gerade zwischen den Salaten und sammelt Schnecken ab, hebt den Kopf, streckt sich und lächelt. Aber die Radlerin scheint er nicht zu sehen, er schaut sich um, dreht den Kopf hin und her. Da begreift die Beobachterin: Er ist blind. Sie hätte an den Zaun treten und ihm etwas zurufen müssen. Nun hat es jemand anderes getan.

Eine erbärmliche Geschichte, vor allem, weil ich mich mit Gärten nicht auskenne. Lieber verpasse ich dir neue Lebensläufe (vielleicht treffen sie sogar zu). Wenn dich meine Gehässigkeit stört, musst du sie überspringen, schreibe ich an CHARLEY, ich versuche ansonsten, meine Briefe möglichst mit gelassener Freundlichkeit zu verfassen, aber ein Ventil muss ich mir doch genehmigen dürfen für Bitterkeiten, Eifersüchte, Übertreibungen, Grobheiten, Enttäuschungen, Trockenheit und Verlassenheit, eine späte Rache mir gönnen, indem ich dir eine Laura verpasse und eine Zahmheit und auch die größte Strafe: Bravheit und Feigheit, ich teile es aus und dir zu, überspring es, ja lies es nicht.

Versuch über CHARLEY 3
Laura ist eine gute Hausfrau, so wie er ein guter Hausmann ist. Sie haben sich auf dem Markt kennengelernt, als sie mit der alten Obstfrau um ein Kilo Birnen handelte und nach Weinbergpfirsichen fragte, diesen flachen pelzigen Früchten, die doch niemand mag außer CHARLEY, also schaute er zu ihr hinüber, wie sie einen der Pfirsiche in der Hand wendete und dabei mit dem Daumen über den Flaum strich, und als sie seinen Blick bemerkte, lachte sie ihn an und warf ihm einen Pfirsich zu. Inzwischen ist der Gang auf den Markt ein gemeinsamer Samstagmorgen geworden, sie kaufen ein, füllen ihre Körbe mit gewaltigen Kürbissen und struppigem Lauch, sie wissen immer, was gerade Saison hat, und dann trinken sie am Apfelstand noch

einen frischen Saft, schwenken den sämigen Sud in ihren Gläsern und schauen dem Gockel zu, der neben dem Eierstand in einem kleinen Gehege auf und ab schreitet und nach den Kindern hackt, die die Hände nach ihm ausstrecken. Sie schauen auch den Kindern zu, und wenn sie dann einen stillen Blick wechseln, wissen sie beide, dass sie Kinder haben werden, vielleicht noch nicht dieses Jahr, nicht nächstes Jahr, irgendwann einmal, und das Glück einer vorhersehbaren Zukunft wärmt sie, auch wenn ein zugiger Wind zwischen den Ständen hindurchfährt. Zeit, nach Hause zu gehen, die frischen Sachen auf den Küchentisch zu stellen, die werden sie nachher, wenn sie miteinander geschlafen haben, in kleine feine Stücke schneiden, darin sind sie Weltmeister, Kinder sind ja gar nicht zu vermeiden in dieser duftenden, freundlichen Nestwärme, und auch im Ausziehen sind sie Weltmeister, im Bett dagegen zart und langsam: Slow Food.

7. Januar

> Der Diskurs der Liebe ist gewöhnlich eine glatte Hülle, die dem Bild anhaftet, ein sehr weicher Handschuh, der sich dem geliebten Wesen anschmiegt. Er ist hingebungsvoller, wohlmeinender Diskurs. Wenn das Bild entstellt wird, zerreißt die Hülle aus Hingabe; eine Erschütterung stellt meine eigene Sprache auf den Kopf. [...] Eine *Blasphemie* steigt dem Betroffenen jählings auf die Lippen und durchbricht ganz unehrerbietig die weihevolle Haltung des Liebenden; er ist von einem Dämon besessen, der aus seinem Munde spricht, einem Munde, aus dem nicht mehr, wie im Märchen, Blumen kommen, sondern Kröten.
>
> *RB*

Im Museum gewesen, seit langer Zeit zum ersten Mal. Früher, sagte eine junge Männerstimme auf einem Tonband in der Ausstellung, da gingen wir in die Gärten, es gibt sie nicht mehr. Städte so kaputt, dass die Gärten nur noch Schutthalden sind, giftiger Staub über den Straßen, die aus der Stadt führen und gesperrt sind, niemand darf hinaus, auch die zitronenfrische Luft der Gärten, der Geruch nach Grün, dunklem Moos und frischem Wasser ist verloren, und wenn es ihn noch gibt, riecht ihn niemand mehr, denn, sagte der Mann auf dem Tonband, die Leute, selbst wenn sie hinausdürften, sind müde und verletzt, das Gehen im Garten kommt ihnen nicht mehr in den Sinn, und wenn, dann in ihren Träumen, die sie oft bedrängen, aber manchmal auch beschenken mit dem Bild eines kühlen, weiten Gartens außerhalb der Stadt.

Ich hörte in der Beschreibung des Mannes seine Sehnsucht nach den Gärten, und auf einmal war das Bild des Gartens, so schlicht es ist, wahr und gültig, und ich sehnte mich nach Gärten, nach deinem Garten, nach dem Garten in Kalifornien, in dem Waschbären lebten, nach dem schwedischen Vorgarten, in dem wir saßen und Kakao tranken, nach einer durchwachten Überfahrt auf der Nachtfähre, und die Malven wuchsen bis zum Reetdach, ich sehnte mich nach dem korsischen Garten mit den Lorbeerhecken und kakteengesäumten Wiesen, nach einem vernebelten Garten in England mit einer künstlichen Ruine, wo ich zum ersten Mal Englisch sprach und seitdem so oft und auch wir immer wieder (ein Mädchen spielte dort, neun vielleicht oder zehn, wie ich, und ich konnte einen einzigen Satz: *what's your name*. Es antwortete mir, ich habe vergessen, wie es hieß, aber das Glück, eine Antwort zu bekommen, war überwältigend und brannte mir im Gesicht, als ich zurück zu meinen Eltern lief: alles ist möglich in den Gärten).

Im Garten meiner Schulfreundin Sabine gab es Ameisen, wir knieten auf dem warmgebackenen Boden und folgten mit den Augen so lang ihren Wegen, bis wir glaubten, uns mit Ameisen auszukennen, und weil wir unser frisches Wissen mit den Leuten teilen wollten, schrieben wir auf

Pappe: Ameisengarten, Führung kostenlos. Niemand kam, aber es war uns egal.

Dein Garten, umrahmt von Nachbargärten, in denen Leute Büsche schnitten und Schneckenkorn streuten (Gärtner vernichten ständig alles, was die Ordnung ihres Gartens stören könnte). Wir, du und ich, lagen im Gras und übersetzten irische Gedichte. Einen Augenblick lang hing ich im Museum gemeinsam mit dem mir fremden, vielleicht ja nur ausgedachten Mann, einer Stimme vom Tonband, dem Traum vom Garten nach und merkte schon, als ich die Sehnsucht noch auskostete, dass der Garten für mich ein luxuriöser Wunsch war, den ich vielleicht aber erfüllen konnte, während der Mann, falls es ihn wirklich gab, vielleicht in Syrien oder in Afghanistan in einer zerstörten Stadt saß und, irgendwann einmal, wenn wieder Frieden wäre, einen Garten wollte, aber noch sehr viel dringender Medikamente und das nackte Leben, doch was er wollte, war schon lange egal, es ging darum, was er brauchte. Ich hingegen brauche nur in die Schrebergärten zu radeln, da sind Gärten und Bäche, und die Ernte liegt unter dem Schnee.

Ein Leben erzählen als Geschichte von Gärten.

Friederike Mayröcker: für sie sei das Schreiben wie ein Pflücken von beinahe schon Anwesendem, sie müsse nur die Hand ausstrecken, und deswegen könne sie niemanden besuchen oder sonstige Ablenkungen zulassen, denn dann würde die Frucht vielleicht gerade verdorren. Ich sehne mich nach der Fülle der Gärten, schreibe ich an CHARLEY, und ich hasse alle diejenigen, die nun in deinem Garten ernten dürfen, wer auch immer es ist, ich hasse sie, und ich schreibe es noch einmal und immer wieder, es macht mir Freude, dieses Wort zu buchstabieren: ich labe mich an diesem Hass, der dir nicht weiterhilft und mir auch nicht, dafür ist er ja auch nicht da, er ist überhaupt für gar nichts da, zu Recht hat er schlechte Presse, es gibt zu viel von ihm überall, er kommt völlig ungefragt, so ist es mit dem Hass, gerade noch über Gärten nachgedacht und grünes Licht unter den Blättern, und dann: ein Hass, der aus den Gärten all diejenigen werfen will, die auch die Hände ausstrecken nach den Äpfeln, den Stachelbeeren, Zucchini können sie haben von mir aus und einlegen in große, schlanke Gläser von mir aus, blasse Zucchinileichen in Essig, können sie gern essen von mir aus, guten Appetit.

Versuch über CHARLEY 4

So ist es mit den Hausfrauen und Hausmännern, sie wollen immerzu haushalten, überall gründen sie Haushalte, dafür sind sie da, das ist alles, was sie wollen. Sie wollen Häuser bewohnen, Familien hineinsetzen und diesen Familien gutes nahrhaftes Essen zubereiten, es ist einfach und schön, und wenn möglich, wollen sie einen Garten haben, in dem sie die Nahrung für den Haushalt anbauen, und in dem Garten gibt es auch eine kleine Schaukel für die Kinder, und eine Pumpe, wo sie sich im heißen Sommer Wasser über die Füße gießen können, und dort wächst alles, was der Haushalt braucht. Beneidet werden diese Haushalter von den Aldi-Kunden, Streunern, einsamen Sushi-Käufern und Mensa-Essern, die kein Rudel zusammengebracht und deswegen vergessen haben, was schmeckt und wie man es zubereiten kann. CHARLEY hat es mit Laura sehr gut getroffen, sie weiß das alles. Er hat lange nach ihr ge-

sucht, und seitdem es sie gibt, schenkt er ihr jeden Samstag ein anderes Gewürz für ihre Gewürzsammlung. Inzwischen kennen sie sich so lange, dass er schon alle Gewürze gekauft hat, die in seiner Stadt erhältlich sind, er bestellt exotische Gewürze im Internet, aber die asiatischen sind ebenfalls schon allesamt in ihrer Sammlung vertreten, und nun kauft er die afrikanischen und die lateinamerikanischen auf, nur wenn die alle dann durch sind, wird es einen Moment geben, den er fürchtet, er wird morgens am Frühstückstisch, wo jeden Samstag ein neues Gewürz auf ihrem Brettchen bereitliegt, stattdessen eine Blume an ihren Platz stellen müssen, denn einfach so mit dem Schenken aufhören kann er nun auch nicht, das wäre ein herber Einschnitt, eine Art Scheitern, er würde sie allzu gern weiter beschenken, doch der Gewürzmarkt ist zwar riesig, aber nicht unendlich, und damit werden sie leben müssen.

Warum schreibe ich dir von meinem Hass, CHARLEY, du wirst es nicht hören wollen, Hass auf dein Leben nach mir. Ein Blankohass, einfach blindlings drauflos, als ob es den Gärten nicht egal wäre, wer in ihnen erntet. Michael Wesely hat ein Langzeitfoto vom Mies van der Rohe Haus gemacht, ein Jahr lang wurde das Haus mit zwei unterschiedlichen Kameras gefilmt, und diese Bildspuren hat Wesely in einem Foto gerinnen lassen. Darauf sieht man eben das Haus, nur das Haus, ein Stück Park und den Himmel, gestreift mit Lichtbögen, die sich wie gestaffelte Kondensstreifen übereinanderlegen. Das sind die Verläufe der Sonne über ein Jahr, tiefer im Winter, höher im Sommer. Ansonsten war natürlich viel los in dem Haus, aber die Menschen, die durch die Räume geeilt und durch den Garten geschlendert sind, all die Besucher und Touristen, haben keine Spuren auf dem Bild hinterlassen. Das Jahr sieht einfach über sie hinweg. Das gefällt mir, schreibe ich an CHARLEY, und es besänftigt mich etwas, dass die *epic photography* unserer Geschichte uns vermutlich gar nicht abbilden würde, wir sind zu klein, und ob ich hasse oder nicht, interessiert weder die Sonne noch den Stein. Wie lange ist es her mit uns, wie lange halten überhaupt Erinnerungen, und ab wann verwandeln sie sich in Sehnsucht (vielleicht von Anfang an)? Gibt es ein Verfallsdatum? Wann standen wir am Bahnsteig in Karlsruhe, vor sieben Jahren, vor acht oder neun, vor zwanzig Jahren? Wer zählt die Jahre danach, du etwa? Auf dem Foto von Wesely sähe man uns nicht, nur die Spuren unserer Bewegungen zueinander hin und voneinander weg, übereinandergelegt wie Schichten aus Licht.

9. Januar

> DRAMA. Das liebende Subjekt kann seinen Liebesroman nicht selbst schreiben. Nur eine sehr archaische Form vermöchte das Ereignis zu bannen, das der Liebende deklamiert, ohne es erzählen zu können.
>
> *RB*

Alles eingedampft, wie beim Kochen. Alles Überflüssige wegdampfen, bis die Essenz übrig bleibt, die nährt.

Als ich Zimmi bekam (etwas gegen den Namen einzuwenden, CHARLEY? Es ist ihr Kosename, ich werde es dir nicht erklären), bestand die Hebamme darauf, dass ich hinterher zwei Wochen lang Essenz aus Hühnersuppe bekommen sollte, dann könne ich die Geburt besser verkraften, der Körper werde schneller heilen und die Milch für das Baby besser fließen. Das Baby war klein geraten, es schlackerte in seiner Haut wie ein zu früh geborener Welpe, ich musste es runden und nähren, unbedingt. Aufstehen konnte ich kaum, alles wund, das Baby lag dicht neben mir im Bett, und ich sorgte mich, ich könnte mich im Schlaf daraufrollen. Ich wusste nicht, wie ich solch eine Essenz kochen sollte, ich stand mühsam auf, nahm das Baby mit in die Kälte, kaufte ein totes Huhn und stopfte es in einen Topf. Es ragte nackt über den Rand hinaus, und ich versuchte es anzubraten, um daraus eine Suppe zu kochen, die ich dann eindampfen könnte, aber es ging alles schief, das Huhn verbrannte sofort, heißes Fett sprang mir über die Hand, während das Baby leise weinte, und die Suppe war so wässrig, dass es Wochen dauern würde, sie einzukochen.

Wenn ein Vater da gewesen wäre, hätte ich das alles abgeben können, schreibe ich an CHARLEY, Wöchnerinnen sollten im Bett bleiben, fand meine Hebamme, die Dorfgemeinschaft solle kochen und sich um das Baby kümmern, und auf meine spöttische Frage, wo denn das Dorf sei und wo die Gemeinschaft, antwortete sie nicht, sie hielt nichts von Spott und fand ihn in der Anwesenheit eines Neugeborenen sogar schädlich, zu scharf, wie ein Gewürz, das Babys nicht vertragen, und zu meiner vaterlosen Mutterschaft hatte sie nichts zu sagen, wie die meisten meiner Freunde übrigens. Manche, die dich kannten, schlugen dich vor, als könne man sich einen Vater einfach aussuchen. Als ob ich mal eben nachfragen könnte, ob du Lust hättest auf dieses Baby, das mir ins Leben geraten war. Wenn das möglich wäre, hätte ich es wohl so geregelt, aber bilde dir nichts darauf ein, CHARLEY.

Das wäre etwas gewesen: jemand, der das Kind trägt und Fang-den-Hut spielt, ein Puzzlegefährte, ein Lego-Wegräumer, ein Schuhkäufer und Puddingkoch, Nasenputzer und Fiebermesser, ein Hustenstiller und Geburtstagsclown, Käferjäger und Rollerschieber, Fahrradbastler und Frühaufsteher, Matheprofi, Sexberater, Umzugshelfer und Regalbauer. Und ob du das hättest sein können: wer weiß das schon. Immer wenn ich Väter sehe, schärft sich mein Blick, und ich prüfe sie. Sind sie zärtlich, schwungvoll, geduldig, witzig und gelassen mit ihren Kindern? Ich schaue so lange zu, bis sie durchfallen (irgendwann ist es immer so weit), erst dann bin ich zufrieden.

Neulich hatte ich in einer kleinen Stadt im Schwarzwald einen freien Vormittag ergattert. Ich schlenderte erfreulich ziellos durch die Fußgängerzone, trank neben der imposanten Stiftskirche einen frischen Saft, den mir ein graubärtiger Obsthändler mit einer altmodischen Handpresse richtete, diskutierte mit einem jungen UNICEF-Freiwilligen über Entwicklungshilfe, und dann fiel mein Blick auf einen Vater mit seiner kleinen Tochter. Die beiden standen vor einem Modekaufhaus, der Vater starrte auf sein Handy, das Mädchen hob einen alten Schraubverschluss auf und hielt ihn sich vors Auge, bis der Vater es anraunzte und ihm das Plastikteil wegriss (schon durchgefallen). Als er es an der Kapuze weiterzog, folgte ich ihnen unauffällig. Sie gingen rasch durch die Innenstadt, und immer, wenn das Kind zurückfiel oder auf etwas zeigte, packte es der Vater am Ärmel, als hätten sie es eilig (wieder durchgefallen). Ich blieb dran, zugleich beschäftigte ich mich mit den Auslagen der Läden und dem Reißverschluss meiner Jacke, damit ich nicht auffiel. Kriminalistischer Ehrgeiz hatte mich ergriffen. Waren die beiden wirklich Vater und Tochter? Warum hatte der Mann es so eilig? Würden sie mich entdecken? Unfaire Vermutungen schossen ins Kraut: der Mann war arbeitslos und/oder Scheidungspapa und musste das Kind zurückbringen. Oder wollte er mit dem Kind fliehen (vor wem)? Inzwischen lief ich unverhohlen hinter den beiden her. Am Bahnhof, einem schick zurechtgemachten Ziegelsteingebäude, schüttelten sie einem Taxifahrer die Hand (warum?) und verschwanden hinter den Flügeltüren. Ich folgte ihnen und schaute mich um. Die Bahnhofshalle war überschaubar, zwei Ticketautomaten, Fahrpläne, ein Zeitungskiosk, aber ich konnte sie nirgends sehen. Misstrauisch hockte ich mich auf eine der Wartebänke und ließ den Blick schweifen.

Nach und nach entfaltete sich ein merkwürdiges Treiben. Aus dem Zeitungsladen surrte eine Frau in einem elektrischen Rollstuhl, einen Stapel Magazine und Rätselhefte auf dem Schoß. Sie strahlte unter ihrem dünnen weißlichen Haar, als gäbe es keinen schöneren Tag, und ließ ihren Rollstuhl eine Art Pirouette vollführen. Als sie Minuten später immer noch strahlte, merkte ich, dass das Lächeln auf ihrem Gesicht gefroren war, die Augenbrauen hochgerissen, die Mundwinkel zu einem Grinsen fixiert, das war ihr Gesichtsausdruck. Auf der Bank neben mir ließ sich ein alter Herr nieder und entfaltete eine Zeitung. Aber er las sie nicht, er blätterte nur kopfschüttelnd darin herum, von vorn bis hinten, von hinten nach vorn. Als er merkte, dass ich ihn anstarrte, nickte er mir kopfschüttelnd zu, als wollte er sagen, die Welt sei ein sonderbarer Ort, über den man sich nur wundern könne, und in der Zeitung stehe auch nicht viel anderes. Aber das sind wieder nur Vermutungen, sagte ich mir, welche Anmaßung, irgendetwas über diesen Menschen wissen zu wollen. Ein lautes Seufzen ließ mich den Kopf heben. Jemand in einem fleischfarbenen Anorak war in die Halle gekommen und durchmaß sie mit schwerem Schritt. Mit jeder Bewegung stieß er einen tiefen kehligen Laut aus, so als hätte er Schmerzen oder wäre sehr ratlos. Der will hier raus, spekulierte mein inzwischen wild entzündeter Vermutungsmotor, der hält es nicht aus in dieser kleinen Stadt. Und wirklich führte der nächste Gang den Mann stöhnend zum Fahrkartenautomaten. Aus dem Anorak holte er eine riesige Lupe und beugte sich über die Tastatur. Er kann sich keine Brille leisten, dachte ich entsetzt, schreibe ich an CHARLEY, aber gehören Sehhilfen nicht zur Grundversorgung der Kassen? Oder war er nicht krankenversichert? Unbeirrt drückte der Mann auf den Tasten herum. Das Stöhnen hatte sich zu einem heftigen Schnaufen verdichtet. Als der Automat ein Stück Papier ausstieß (einen Fahrplan?, eine Reiseauskunft?, eine Fahrkarte?), riss er den Zettel an sich und las ihn mehrere Male unter der Lupe durch. Was er sah, schien ihm nicht zu genügen, denn er knüllte den Zettel in die Tasche.

Ich stand auf. Fast wollte ich mich von den Herrschaften in der Halle verabschieden, aber sie wussten ja nicht, dass sie in meiner Geschichte vorkamen. Ich ging hinaus zu den Gleisen und suchte meine Zielpersonen, den durchgefallenen Vater und seine kleine Tochter. Sie konnten doch nicht verschwunden sein, und wirklich standen sie dort hinten auf Gleis 2. Das Mädchen hüpfte auf und ab, der Mann hatte sich eine Zigarette angezündet, hielt sie zwischen Zeigefinger und Daumen und nahm tiefe Züge, so wie früher im Osten geraucht wurde.

Der Zug fuhr ein, ein schmales Bähnchen, eher eine Art schnelle Straßenbahn, und ich reckte den Hals, um nichts zu verpassen, aber in dem Gedränge konnte ich nichts erkennen. Erst als der Bahnsteig wieder fast leer war, sah ich sie: den Mann, das Kind und eine alte Dame mit riesigen Koffern. Sie standen dicht beieinander und umarmten sich.

Das aufgeregte Lachen des Mädchens schallte über die Gleise. Und der Mann klopfte der alten Frau strahlend auf den Rücken und nahm dann ihre Koffer. Tief beschämt wendete ich den Blick ab.

Eine Geschichte, die dich nicht interessieren kann, schreibe ich an CHARLEY, vielleicht bist du nie Vater geworden, oder du bist Vater und findest es lächerlich oder brutal, Väter zu prüfen, oder du bedauerst, dass du nicht Zimmis Vater bist (sie ist die Schönste), was mich bitterlich freuen würde, aber nicht sollte (ich würde es sowieso nicht erfahren). Ich sollte genauer auswählen, welche Geschichten ich dir erzähle, es ist ja nicht so, dass dieses Schreiben folgenlos bleibt: gelesen werden, von dir gelesen werden, heißt, wie du dir denken kannst, eigentlich alles. Wie lange, zehn, zwölf Jahre schon (ich weigere mich, genau zu zählen) hatte ich keinen Leser mehr, ich hatte ja auch lange alles andere zu tun, als Briefe zu schreiben, aber dadurch habe ich der Zeit erlaubt, eine Schneise zu schlagen in die Zeit mit dir und nach dir, diese sieben, zehn oder zwanzig Jahre sind nicht verbrieft, du weißt nichts davon, und nichts ist aufgeschrieben.

Nun habe ich damit angefangen, schreibe ich an CHARLEY, mehr als angefangen, aber ich brauche mindestens ein Jahr, um ein Jahr aufzuschreiben, vielleicht auch länger, also besser jetzt gleich anfangen, oder? Ich werde also in diesem neuen Jahr nichts anderes tun können, als zu schreiben, ich werde davon schreiben, wie ich dir schreibe, und das so lange, bis es mich überholt und kalt aus der Kurve schleudert: dann werde ich aufhören (oder dich wiederfinden).

Ich wache früh auf und horche in meinem Nachthirn nach klugen Träumen, guten Bildern, vielleicht gibt es etwas zu pflücken und zu ernten, das ich dir schreiben könnte. Aus dem Fenster schauen: was kann ich brauchen für meinen Brief?

Versuch über CHARLEY 5

Das frische Kind hält er im Arm wie mundgeblasenes Glas. Es hat die Augen geschlossen, sein stilles Gesicht unter der Mütze. Noch ist es nicht ganz hier, es könnte sich wieder davonstehlen in diesen ersten Tagen, und auf einmal spürt er die Angst um das Kind und wie er es nicht mehr hergeben wird. Er bewegt den Arm, auf dem es liegt, hin und her, er will, dass es aufwacht und ihn anschaut, damit sich immer mehr Gründe ansammeln, warum es hierbleiben wird. Aber es wacht nicht auf, jetzt nicht und auch nicht später, als er es in seinen Kasten aus Plexiglas legt, weich rollt sich sein Körper in die neue Position und schläft weiter, und ihm bleibt nur, zuzuschauen und sich zu wundern, dass dort sein Kind liegt und sie zusammengehören. Gleich geliebt, wer hätte das gedacht: er nicht.

10. Januar

> GEDENKEN. […] Das Imperfekt ist die Zeit der Faszination: das hat den Schein von Leben und regt sich doch nicht: unvollkommene Gegenwart, unvollkommener Tod; weder Vergessen noch Auferstehen; einfach die ermüdende Illusion des Gedächtnisses. […] ich erinnere mich pathetisch, punktuell und nicht philosophisch, diskursiv: ich erinnere mich, um glücklich/unglücklich zu sein – nicht um zu begreifen.
>
> *RB*

Die Sonne heute blass hinter den Weinbergen, die Reben wie Reißverschlüsse über den Hügel gezogen. Ein kühler Spaziergang, wie immer sinnlos ohne Hund. Stumpfe Eislachen auf dem Weg. Landschaft andersherum denken: diese abgezirkelten Felder und Hänge sind Menschenwerk, an manchen Stellen sprießen Häuser und bahnen sich Straßen ihren Weg, wo sie eben durchkommen.

Die Handschuhe habe ich ausgezogen, schreibe ich an CHARLEY, um mir die Haare aus dem Gesicht zu streichen, und dann ausgelassen, bis die Finger steif wurden. Die letzte Karte von dir: ein Foto, schwarz-weiß wie immer, Stechpalme an einem frostigen Tag, der Rand scharf gezackt und eisgesäumt, die Stacheln schwarze Stiche im weißen Morgenlicht. Es stand nichts darauf, und ich wollte sie wegwerfen, aber ich habe sie heute noch.

Der Gedanke, du könntest gestorben sein.

Versuch über CHARLEY 6

Früher ist er jeden Tag spazieren gegangen. Jeder Gang war eine Bestandsaufnahme, er war der Archivar der Natur, der überprüfen musste, ob noch alles vorhanden war. Manchmal schien es sogar, als wären seine Gänge nötig, um alles beisammenzuhalten, als könnten ohne seinen Blick die Wiesen und Waldränder ausfransen, verbleichen oder sogar verloren gehen. Ohne den Kopf zu heben, hörte er die Vogelstimmen, jede einzeln, und murmelte leise ihren Namen, damit sie genannt waren. Mit einem Stöckchen drehte er einen auf den Rücken gerollten Mistkäfer um, drückte die Erde um eine von einem Hund oder Wildschwein ausgegrabene wilde Primel wieder fest und pflückte etwas Spitzwegerich. So sah er nach dem Rechten.

Dann fiel er vom Dach, als er versuchte, die zersprungenen Dachziegel zu ersetzen, und zertrümmerte sich das Knie. Seitdem kann er nur noch schleppend gehen und zieht das linke Bein etwas nach. Kleine Gänge erlaubt er sich noch, aber er spürt, wie ungeduldig er mit sich wird, mit seinem geschrumpften Radius, wie unaufmerksam er den immergleichen Weg am Bach entlanggeht (den asphaltierten, denn der unbefestigte ist für ihn zu uneben), wie neidisch er den Wanderern hinterherschaut, die zu einer langen Runde aufbrechen, ohne auch nur zu ahnen, was es dort alles zu sehen gäbe. Wenn sie ihn trügen oder auf einem Packesel führen könnten, würde er ihnen alles erklären. Das ist sein Traum.

11. Januar

> STUMMHEIT. Der Liebende ängstigt sich, weil das Liebesobjekt nur sparsam oder gar nicht auf die Worte (Reden oder Briefe) reagiert, die er an es richtet. [...] verzweifelt darauf bedacht, zu verführen, zu zerstreuen, glaubte ich beim Sprechen die ganzen Schätze meiner Gescheitheit auszubreiten, aber diese Schätze werden mit Gleichgültigkeit hingenommen, [...] die ganze Brillanz meines Ich verpufft, verhallt in einem schalltoten Raum [...]. In jenen kurzen Augenblicken, da ich umsonst spreche, ist es so, als stürbe ich.
>
> *RB*

Das meiste habe ich weggeworfen, ich will ja nicht immer mehr haben, sondern immer weniger, obwohl mich die Grabungsarbeiten bei Friederike Mayröcker schon begeistern, auch wenn sie immer wieder verzweifelte Expeditionen ins Verlorene und Vergessene sind. Sie wäre eben auch nicht ständig spazieren gegangen, sie braucht die Zeit, die ich habe verstreichen lassen, ohne zu schreiben, zum Schreiben, so einfach ist das. Darum ist ihr Material angewachsen zu einem Abbild der Lebensjahre, wie die Jahresringe der Bäume, und ich habe das alles weggeworfen, und nun: nur noch diese Briefe, schreibe ich an CHARLEY (aber geh, das ist maßlos übertrieben). Ich übertreibe, um mich dir zu zeigen als mutige Minimalistin, der Lebensplunder eingedampft, von dem Lebensplunder schreibe ich ja schon gar nicht, Papierkram, Steuer, Rechnungen, alles findet statt und will erledigt werden, Stapel, die mich unendlich Zeit kosten, die ich durchackere, die ich schleunigst wegwerfe, sobald man mich lässt, und nichts davon beschreibe ich dir. Ich bin umstellt davon, schreibe ich nun doch, Lebensverwaltung ist beinahe so unbeschreiblich wie Toilettengänge, undurchschaubare Vorgänge, zahllose Stunden, jeder tut es, aber so wie das Sterben oder Krankheiten oder auch andauernde Langeweile will man es nicht beschrieben sehen. Soll ich es aufnehmen? Vielleicht würde dadurch dieser Lebensplunder aufgewertet, geadelt durch das Schreiben? Vielleicht würde er sich in Material verwandeln, das es wert wäre, dir erzählt zu werden?

Ich lebe nicht sehr gut von diesen Briefen, denn wenn du sie nicht liest, haben sie ihren einzigen Zweck verfehlt, und niemand anders wird etwas damit anfangen können, schreibe ich und bin nicht ehrlich, ich weiß ja doch, dass du sie nicht lesen wirst, also werde ich einen Roman daraus machen (mein Mund wird ganz spuckig bei diesem Gedanken, wie immer, wenn ich triumphiere).

Nein, keine Sorge, nein, CHARLEY, ganz sicher wird das nicht passieren, CHARLEY, weil du sie lesen wirst, diese Briefe, sie schreibt ja einen ganzen Roman, wirst du denken und plötzlich begreifen, dass ich mir dich zurückschreiben werde, und dafür lohnt sich die ganze Tipperei haushoch (und wenn es nicht klappt, du weißt: Roman!).

12. Januar

> UMARMUNG. Die Geste der liebenden Umarmung scheint für das Subjekt eine Zeitlang den Traum der totalen Vereinigung mit dem geliebten Wesen zu erfüllen. […] die reglose Umschlingung: wir sind verzaubert, betört: wir liegen im Schlaf, ohne zu schlafen; […] alle Begierden sind aufgehoben, weil sie endgültig gestillt scheinen.
>
> *RB*

Neulich im Theater: ein Abend mit zwanzig nackten Menschen, die zu Musik in verschiedenen Anordnungen herumgehen, laufen, sich strecken, das eigene Fleisch und das der anderen untersuchend. Ihre Körper sind geschult und trainiert, aber nicht glanzvoll, nicht alle jung, manche stämmig und gedrungen, andere hoch aufgeschossen, mein Blick wandert von einem zum anderen, manche sind mir lieber, gefallen mir besser als andere, aber Begehren stellt sich nicht ein, weil alles sichtbar ist, nichts verlockend, eine große Auswahl an Material für Erkundungen aller Art. Das machen sie auch, sie probieren, was schwingt und was herabhängt, die straffen Körper sind langweiliger als die schlackernden; wie es klingt, wenn zwei nackte Körper aufeinanderprallen, sie halten sich fest, um Posen zu testen, sie nehmen Anlauf und rennen. Ein gelassenes Vergnügen liegt im Raum, eine selbstverständliche Neugier, die Zuschauer, die anfangs verlegen kichernd und etwas beklommen das nackte Rudel beobachteten, haben sich längst eingewöhnt. Manche lächeln versonnen und scheinen sich auf die Bühne zu wünschen, andere haben Lieblingstänzer erkoren und folgen ihren Experimenten, und als sich die Ausgelassenheit auf der Bühne allmählich steigert, hat sie nichts mit Erregung zu tun und viel mit nackter Freude, die zugleich errungen und geschenkt ist.

Der Frage nachgehen, ob die Umarmung überhaupt notwendig ist, schreibe ich an CHARLEY, oder ob nicht auch schreibend so viel Spannung entstehen kann, dass sich die Gegenwart des anderen eigentlich erledigt. Dies schreibe ich nur, weil du nicht antwortest.

Neulich, schreibe ich an CHARLEY, ein beglückender Traum. Ich saß im vollen Wartezimmer meines gütigen, warmäugigen Hausarztes und las mich geduldig durch mehrere Tageszeitungen, als die Tür aufging, mein Hausarzt mich zu sich winkte und vor allen Leuten fest in die Arme schloss. Er drückte mich an sich, meinen Kopf hielt er fest an seiner Schulter, er roch nach Kümmel, und ich stand still und sackte in die Umarmung hinein, als wäre es die Rettung, und so war es auch, bis ich aufwachte.

Wenige geglückte Umarmungen in meinem Leben, eine schwierige Geste (ich meine, die meisten Leute tun es einfach, aber das gilt ja für alles). Als Kind sträubte ich mich, wollte nicht festgehalten werden, es machte mich zappelig.

Die Umarmung der überbordenden Großmutter, ich umfangen von Fleisch und dem merkwürdigen süßen Geruch, den sehr dicke Menschen manchmal an sich haben, sie hielt mich immer zu lange, als ob sie abwarten wollte, wie lang ich es ertrug, und wenn ich mich nicht bewegte, konnte ich es eine Weile schaffen, bis die Luft knapp und heiß wurde und ich anfing zu zappeln. Meine Mutter dagegen: ihre Hände kühl, kräftige Umarmungen, knapp und herzlich, aber immer zu kurz, ich wollte mehr und länger und war doch schon wieder entlassen. Die Umarmung meiner Lehrerin, lang schon in Gedanken vorweggenommen, ich wollte von ihr umarmt werden, unbedingt. Im Landschulheim ging sie durch die Schlafräume, lachend, etwas wehte hinter ihr her, ein Schal vielleicht oder ein Duft, sie zog an Decken und strich über Köpfe, ich setzte mich im Bett etwas auf und streckte ihr, weil es schon dunkel war und mich niemand beobachtete, die Arme entgegen wie ein kleines Kind. Sie beugte sich über mich und schloss mich in die Arme, aber zugleich schlug die Brille, die sie an einer Kette um den Hals trug, mir ins Gesicht, und mit einer ungeschickten Bewegung wich ich aus, wodurch die Umarmung missglückte, und ich sank heiß vor Scham, weil ich alles verdorben hatte, wieder in mein Kopfkissen.

Ein Leben als Geschichte von Umarmungen.

Ich bin eine Umarmerin gewesen, schreibe ich an CHARLEY, ich wollte immerzu umarmen, wie die jungen Mädchen, die manchmal in der Fußgängerzone umherlaufen mit selbst gemalten Pappschildern um den Hals: *free hugs*. Aber man kann es auch verlernen. Zimmi habe ich umarmt, seitdem sie groß genug war zu stehen (sehr kleine Kinder kann man nicht umarmen, nur in den oder auf den Arm nehmen; auch Hunde wollen nicht umarmt werden, der feste Griff bedroht sie, sie ertragen es vielleicht, wenn sie gutmütig sind, aber nicht, weil sie es brauchen). Lange Zeit war es leicht, sie lief einfach in die geöffneten Arme hinein, und ich habe darauf geachtet, nicht zu fest zuzudrücken. Später strich sie an mir vorbei, vermied es, in die Reichweite meiner Fangarme zu geraten, aber immer noch kann ich sie manchmal umschlingen, vorausgesetzt, ich lasse gleich wieder los.

Mich hast du nicht umarmt, es stand nicht zur Debatte, es fiel dir einfach nicht ein, und ich konnte dich ja kaum um eine Umarmung bitten. Es gibt auch keine Verführung, die in diese Richtung wirken könnte. Ich habe mich versuchsweise an dich gelehnt, weil ich eine Umarmung erhoffte, ich bin scheinbar in dich hineingeschwankt, habe mich sehr dicht vor dich gestellt, Angebote, die du meistens ausgeschlagen hast. Zwei feste Arme um den Leib, die Köpfe aneinandergelehnt, sich dabei nicht anschauen, nur im Druck der Arme verharren: Rettung, es wäre Erlösung.

Als ich dich mal umarmen wollte: ich umschlang dich, deine kratzige Strickjacke, eine Vorschussfreude in meinen Armen, Überschwang, eine kleine Karambolage, aber dein Körper: blieb für sich, die Strickjacke als Pufferzone, ich drückte noch eine Weile kräftig, schob mich an dich heran, konnte das nicht glauben, ohne Antwort zu bleiben, aber da warst du wohl schon, wie man so schön sagt, in den Armen einer anderen Frau, für die du die Strickjacke auch ausziehen würdest und so weiter, und so musste ich aufhören zu drücken, musste den Druck der Umarmung lösen, meine Arme sprangen auseinander mit einem fast hörbaren Schnappgeräusch und fielen herab, ich machte einen Schritt weg von dir in deiner Strickjacke und stand mit herabhängenden Armen mitten in der Küche, in der die andere Frau schon ihren Kräutertee aufbewahrte, wie ich dann später erfuhr. Wie damals im Landschulheim: ich heiß vor Scham, aber wofür schämte ich mich denn? Ich hatte keine Antwort bekommen und schämte mich so sehr, vielleicht wie ein Kind, das einen Ball wirft und ganz sicher ist, den Korb zu treffen, der Ball landet weitab, und das Kind schaut fassungslos hinterher, gedemütigt nicht, weil es danebengeworfen hat, sondern weil es sich seiner Sache so sicher gewesen ist. Also zwei, drei Schritte rückwärts, zurück an den Küchentisch, CHARLEY nicht mehr angeschaut, der noch immer mitten im Raum stand, mit den Haaren herumgefuhrwerkt, um die nächsten Minuten zu überstehen und die Szene irgendwie abzuschließen, aber eigentlich zu Ende war sie nicht und ist sie nicht bis heute.

Inzwischen gehöre ich nicht mehr zu den Umarmern (aber ich könnte es vielleicht wieder lernen?).

15. Januar

> BEGEGNUNG. Die Figur bezieht sich auf die glückliche Zeit unmittelbar nach der ersten Verzückung [...].
>
> *RB*

Aber einmal, da hast du mich umarmt, es gab einen Abschied am Bahnsteig (große Bühne für die große Umarmung): es war das Ende unserer Zeit. Du würdest wegfahren, nicht sehr weit, nur in eine andere Stadt, in die Arme einer anderen Frau, wie man so sagt, du hattest dich entschieden, wie man so sagt, dabei hatten wir das nie für nötig gehalten, wir hatten alles offenlassen wollen, unsere festliche Unentschiedenheit (während alle Welt um uns herum heiratete, Kinder bekam, größere Wohnungen mietete, Stellen antrat, sich einarbeitete, Absprachen traf, Gehälter bezog, Meinungen entwickelte). Wir waren Vagabunden, uns selbst überlassen, mit kleinen Rucksäcken, wir improvisierten jeden Tag und legten nichts fest, und wir dachten, das könnte ewig gehen.

Dass wir jeden Tag neu erfanden. Dass wir Begeisterungen in jeden Augenblick setzten: wie die Impressionisten Lichter setzten auf jede Tischdecke und jedes Blumenbeet. Aber es war mehr als ein Hinzufügen, ich meine, CHARLEY, addieren können wir alle, nachträglich etwas hintupfen, aber verwandeln, das ist etwas anderes, und das war unser ernstes Spiel (auch den Ernst in ein Spiel verwandeln und das Spiel in Ernst!). Im Malen das Licht schon gleich mitdenken. Wenn du die Farbe anrührst, gleich das Licht mit hineinmischen.

Die Welt zu zweit anschauen.

Ein Leben lang hätten wir das nicht durchgehalten, vielleicht. Aber dass du es nicht versucht hast: das kann ich, nein, ich kann es nicht vergessen.

Tage wie: In den Bergen, da wo Lenz gelebt hat, gewandert, und später Rast auf einer Terrasse am Forellenteich. Auf dem See, der sein Wasser unter einer weichen Algendecke verborgen hielt, lag ein grüner Schimmer, wir hätten darüber laufen können. Die Fische stießen manchmal nach oben, wir sahen ihre Bewegungen unter der moosigen Decke. Wir redeten gemächlich, immer im Kreis, bis uns schwindelig wurde, und schauten uns nicht an.

Im Zelt, irgendwo im Wald. Als es gewitterte, wickelten wir einen Pullover um die Zeltstange, damit der Blitz uns nicht traf. Wasser vergessen, du gingst noch mal los zum nächsten Ort und kamst mit einer Sprudelflasche zurück, die wir nicht anbrachen, so kostbar war sie (hat auch verdammt viel gekostet, sagtest du zugleich wütend und stolz).

An der Ostsee auf der Suche nach Steinen, den schwarzen mit Löchern, wir wollten diese Steine auffädeln und sie an die Decke hängen, aber wir fanden zu wenige, vielleicht drei oder vier. Wir gingen mit gesenktem Kopf über die Strände, deine Schritte auf den hohl klackenden Kieseln gleich hinter mir.

Unter Leuten sich durch Gespräche schlagen, jeder für sich mit Sektglas und Häppchen, immer wieder durch den Raum einander anschauen, wie steht es, hältst du durch. Sich Rückendeckung geben mit Blicken. Sich füreinander schön machen, die Locken noch etwas lockiger, den Hemdkragen doch bügeln.

Noch keine richtigen Berufe haben. Warten, aber nicht zu sehr. Ein Stipendium haben, einen Projektvertrag haben, was schreiben, ein paar Fotos machen, mal Musik machen, mit dem Buddhismus liebäugeln, mit Roland Barthes liebäugeln, mal Freud lesen, mal bei den Soziologen reinschauen, ein bisschen Yoga probieren, eine Steppdecke nähen, eine Flöte einspielen, dienstags kellnern, freitags Kaffee kochen, in die Berge gehen, Kleist rauf und runter, Büchner, alles, was es gibt, den Schlafsack stopfen, Spinatquiche backen, bergauf gehen, du langsam und beharrlich, ich rasch und keuchend. Oben hast du so beiläufig auf mich gewartet, als wolltest du die Aussicht genießen, immer frei von Triumph.

Auch beim Fahrradfahren: dein rascher fester Tritt, das Rad, das du nachts auf den Balkon hochtrugst, damit es niemand klaute. Du immer vor mir am Berg, keine Demütigung in deinem Vorsprung, kein Sieg des Schnelleren. Oben waren wir beide außer Atem und standen beieinander, die Räder zusammengelehnt, Blick zurück: da sind wir hochgekommen.

Manchmal in Hotels übernachtet. Nur in kleinen.

Neulich war ich in einem, es hatte einen Teppich in fein gemustertem Karo und ein Teetablett mit integriertem Wasserkocher, das man als Ganzes in die Steckdose stöpseln konnte, die Teebeutel aber eingetrocknet. Dafür die Lichtschalter verborgen in den Wänden und nur durch ein Streicheln über die lackierte Tapete aufzuspüren. Wir haben in den Hotels damals Lager aufgeschlagen: auf dem Boden gesessen, alle Shampoos in die Badewanne geleert, in der Minibar nach Überraschungen gefahndet. Wir taten so, als wären wir im Zelt, schmierten uns am nächsten Morgen Stullen für den Tag, die Wanderschuhe schon an den Füßen, die Blicke der Kellnerinnen (wir würden sowieso nicht wiederkommen). Nicht zurückschauen, die warme Dusche hatte geholfen, ja, aber wir konnten auch ohne. Streng waren wir und hochmütig.

Die Vögel kennen, Grassorten und Pilze kennen. Ich wollte mir alles notieren, denn merken konnte ich mir nicht, was du wusstest, Käfer und Blüten, Wolkenformationen, wir redeten wenig, wenn wir gingen, denn du musstest überall stehen bleiben und dich über alles beugen. Manchmal hast du mich herbeigewinkt, und ich konnte einen Namen lernen; gleich wieder vergessen, so war es morgen wieder neu.

Dein größtes Kompliment für mich: mit dir kann man spazieren gehen.

Immer wieder sich auf die Welt einigen, sich einen Reim machen, stolz auf das Vorläufige.

Zimmer streichen, auf Wiesen schlafen.

Vor allem Wiesen, wir waren verrückt nach Wiesen, wir lebten inmitten von Wiesen und bekamen nie genug, von ihren Gräsern und Mäuselöchern, ihren sumpfigen Stellen und dem weichen Schwung der Hänge, wir suchten uns Wiesenwege, wo wir konnten, Wege an Waldrändern entlang mit Blick auf Obstwiesen und Weiden, Wiesen vor dem Mähen (pelzige Wellen), Wiesen nach dem Mähen (rasierte Rücken), Wiesen im Winter (morastig) und im Sommer (flirrend), schwer zu malen, du hast sie fotografiert, immer ohne Menschen deine Bilder (*epic photography*), weil es, solange wir in den Wiesen waren, auf uns nicht ankam. Die Wiesen sind noch immer da, beinahe jeden Tag gehe ich an ihnen entlang, kein Mangel an Wiesen. Sie gehören, anders als Gärten, den Blicken aller, auch wenn der Besitzer, der mit dem Mähdrescher darüberfährt, drohend in alle Richtungen schaut, damit klar bleibt, wer über diese Wiesen herrscht. Arme könnten, wenn ihre kleinen Buden zu eng würden, statt in die Einkaufszentren oder auf die Bahnhofsvorplätze zu diesen Wiesen kommen, die nichts kosten (schon falsch gedacht: Arme wohnen nicht in wiesennahen Gegenden).

Das Größte: einschlafen im Sommer auf einer Wiese. Um uns herum so viel Himmel, high vor lauter Himmel. Der Boden immer härter als erwartet und etwas aufgesprungen, wir legten Pullover unter, trugen lange Hosen gegen Zecken. Über uns Lerchen, kleine Körper, scharf gestellt im Sonnenlicht, die sich durch die Luft warfen. Und dann einschlafen, auf einer Wiese, die Umarmung der Wiese spüren.

Und so weiter.

Versuch über CHARLEY 7

CHARLEY kann in keinem Büro arbeiten und sowieso nicht am Schreibtisch, er fährt nicht in Urlaub und hat keine Hobbys, er teilt sein Leben weder ein noch auf und geht den ganzen Tag durch den Wald.

Versuch über CHARLEY 8

Früher ging CHARLEY tagaus, tagein durch den Wald, er konnte keckern wie die Eichhörnchen und flöten wie die Amseln, und wenn er müde wurde, kannte er Stellen, an denen er sich unterstellen oder hinlegen konnte, alte Jägerstände, Kuhlen und Mulden. Aber nach Jahren des Herumstreifens suchte er sich doch eine Arbeit im Forstamt, wo er Laura kennenlernte. Sie hatte den Jagdschein und einen Deutsch Drahthaar, und so waren sie immer noch viel im Wald, aber nun gemeinsam und mit dem Hund an der Seite, den man nie ableinen konnte, weil er sonst aufs Wild ging. Sie spazierten Arm in Arm und blieben auf den Wegen. Laura war schmal und klug und eine gute Beobachterin. Wenn es ihn drängte, allein in den Wald zu laufen, hielt sie ihn nie zurück. Sie wusste, dass er am nächsten Morgen zurückkommen und sich von ihr die Rindenstückchen aus dem Pulli zupfen lassen würde. Von den Freunden im Forstamt bekamen sie Stücke von toten Rehen und Wildschweinen, die sie einfroren und im Winter schmorten. Zu Weihnachten schenkten sie sich immer etwas für die Küche, einen Bräter oder einen Zaubermixer oder ein Raclette. Aber Hobbys wollten ihnen einfach nicht einfallen, so dass es gut war, als endlich ein Kind kam und die Zeit füllte. Der Hund ertrug das Kind nicht, er stand vor der Wiege und knurrte und musste abgegeben werden. Über Deutsch Drahthaar in Not fand er eine neue Familie, die er auch sofort liebte.

Ich kann mir noch mehr ausdenken, es macht Freude, mehr als Freude, sofort gerinnt alles: es wird so gewesen sein.

Es muss ja einen Grund haben, dass du zu meinen Geschichten gehörst. Und weil es niemals nur einen Grund gibt, muss ich die Liste fortschreiben, jeder Tag ein Grund.

Ein Lexikon der gemeinsamen Momente anlegen.

Ein Bilderbuch/Poesiealbum anlegen.

Eine Wiesensammlung anlegen.

Ein Archiv der Umarmungen anlegen.

16. Januar

ASKESE. […] Die Askese (die asketische Anwandlung) wendet sich an den Anderen: dreh dich um, schau mich an, sieh, was du aus mir gemacht hast! Sie ist Erpressung: ich führe angesichts des Anderen die Figur meines eigenen Verschwindens vor, zu dem es mit Sicherheit kommen wird, wenn er nicht nachgibt (wem?).

RB

Wo war ich stehen geblieben, CHARLEY, gestern habe ich zu lange geschrieben. Wiesen hin, Wiesen her: der Abschied also im Bahnhof, der angemessenen, viel erprobten Bühne für Abschiede aller Art (schluchzend, geschäftlich, still, zittrig, überbordend, erleichtert, verbissen, lodernd, erschöpft). Sauber gefegter Bahnsteig, ein paar müde Figuren lehnten an den Infotafeln und Wartebänken, ein kühler Oktober, vielleicht auch November. Unser Abschied hatte langwierige Vorläufer gehabt, Abwägen, Reden, Tränen, und so war es nun ein friedliches Ende, still standen wir beieinander, es war klar, dass wir uns nicht mehr sehen würden. Weinen würden wir nicht, wir warteten einfach, bis dein Zug kam, da kam dir auf einmal eine Umarmung in den Sinn, eine, um die ich nicht gebeten hatte. Wir lehnten uns ineinander, schlossen die Arme um unsere Körper, es war, als ob sich ein Mantel um uns legte, und als der Zug einfuhr, war es uns gleichgültig, bis es auf einmal einen Stoß gab, ich weiß nicht, hast du mich weggestoßen, bin ich eingeknickt, jedenfalls dieser Stoß, und du warst heraus aus der Mantelwärme und mit zwei Schritten in der Zugtür und hinein ins Abteil, wo ich dich nicht mehr sehen konnte hinter den gewölbten Fenstern des ICE.

Versuch über CHARLEY 9

Er sitzt im Zug, der langsam anfährt. Auf dem Bahnsteig seine Gefährtin, die er dort zurückgelassen hat. Gerade noch standen sie beieinander, als könnte nichts sie auseinander und so weiter. Er krümmt sich, ein Krampf zieht seinen Magen zusammen, er hat sich noch nicht einmal richtig verabschiedet. Das haben sie nicht geübt. Wenn sie früher auseinandergingen, für ein Wochenende oder eine Woche oder zwei, verzichteten sie immer auf Abschiede. Sie nickten sich zu, ihr Gespräch würde weitergehen, auch wenn sie sich zwischendurch nicht sahen, und beim Wiedersehen: keine Umarmung, sie grinsten sich zu, stießen sich an, vielleicht fuhren sie sich kurz durch die Haare, mehr nicht, alles sehr beiläufig, wie sie auch beiläufig gleich wieder in ihr nie unterbrochenes Gespräch einstiegen. Er wird es nicht mehr tun, er wird nie wieder sich melden bei ihr, er wird auch nichts erklären, er wüsste nicht, wo er anfangen sollte, und nach einigen Jahren ist es ihm selbst nicht mehr klar, wie es so kommen konnte, es hat eben einfach nicht genügt, nicht gepasst, die Zeit war vorbei, es hat sich nicht ergeben, nicht gefügt, es hat nicht sollen sein, so könnte man es vielleicht sagen: eine verwischte, lange noch schwelende, schwer zu begreifende Geschichte, die ihm nach und nach entgleitet, nur an manchen Abenden, wenn er einen Satz liest, der ihm einleuchtet, lässt er das Buch sinken und stellt sich vor, er schriebe diesen Satz auf eine Karte und schickte sie ihr, wo immer sie inzwischen sein mag.

Dann warst du weg, in den Armen der anderen Frau oder in sonst irgendwelchen Armen, ich konnte es mir aussuchen. Ich konnte mir aber nichts aussuchen an diesem Tag. Es gab keine Wahl mehr. Mit CHARLEY, ohne CHARLEY, keine Frage mehr, ab jetzt ohne.

Ich wusste nicht, was tun, und ging in die Kaffeebar am Bahnhof, ein öder Saal, mühsam mit Marmortischen und Palmen aufgemöbelt. Ich tat das Einzige, was übrig blieb: ich schrieb an CHARLEY. Einfach so, als wärest du da. Ich schrieb dir hinterher, über dich, ohne dich, wie jetzt, CHARLEY, genau wie jetzt. So fing es an mit den Briefen.

Sie müssen aber viel aufschreiben, sagte die Frau am Tisch neben mir und sah auf meine Hand, die den Stift immer weiter auf dem Papier vorantrieb. Ich wusste nicht, was ich antworten sollte, und lächelte sie (freundlich) an. Sie lächelte zurück, und als das Lächeln zu lange dauerte und wir beide darin erstarrten, musste ich etwas sagen. Ich bin verlassen worden, sagte ich und strahlte, weil Mitleid gar nicht erst infrage kam, schließlich saß ich an einem schmucken Marmortisch und besaß einen guten Kugelschreiber (und vielleicht bis auf diese Frau niemanden mehr, der mich anschaute, aber das geht vielen so). Weil das Lächeln die Frau sogleich davon überzeugte, dass bei mir alles in bester Ordnung war, nickte sie mir aufmunternd zu und schaute endlich in eine andere Richtung, auf den Bahnhofsplatz, wo sich die Straßenbahnen trafen. Mir fiel ein, dass du mich immer nur sehr vorübergehend angeschaut hast, dein Blick, so war es doch, spazierte herum, ruhte kurz in meinem Gesicht und wanderte weiter, und das störte mich oft. Aber ich konnte dich ja schlecht bitten, mich länger anzuschauen. Eine Augenweide war ich nun gerade nicht, kein Feger, niemand verstummte, wenn ich vorüberging, niemand ließ die Gabel fallen, keine Seufzer, keine plötzlich eingesogene Luft. Und doch wohnte ich in einem Körper mit festen Armen, grünen Augen, beweglichen Hüften, meine Fußnägel waren glatt, meine Ohren lagen unauffällig unter den Locken, das Kinn vielleicht meine größte Stärke, der Bauch weich, wenn auch nicht flach, freundlich gerundete Waden.

Ich aß ein Stück Würfelzucker und schrieb den Brief zu Ende, steckte ihn ein, bewahrte ihn auf. Bis heute weiß ich nicht, warum ich ihn nicht abgeschickt habe. Ich hatte eine Adresse, wo ich dich erreichen konnte, eine Telefonnummer, eine Mailadresse, du hattest dich nicht davongestohlen. Aber ich schickte den Brief nicht ab, und auch nicht den nächsten, ich konnte nicht aufhören damit, sie sammelten sich auf meinem Schreibtisch, ich notierte darin, was ich las und dachte, sah und fand, ich spuckte auf das Papier und heulte Tränen darauf. Deswegen mussten es ja Briefe sein, Feuchtigkeit und Papier: eine interessante Verbindung. Ich hielt eben das Material warm für dich, nur falls du bald zurück wärest, unsere Bücher lagen noch lange auf meinem Schreibtisch, mit Lesezeichen und Eselsohren. Mein Notizblock randvoll mit Gedanken, die besprochen werden mussten, weil sie sonst stumpf geworden wären und schal. Unsere Steine von der Ostsee noch auf dem Fensterbrett, rundgeschliffen und schwarz, die Löcher darin ein wenig wie Augen oder Münder, die selbst genähte Steppdecke noch im Keller, falls ein kalter Winter kommt, ein kleiner Stapel von CDs neben der Anlage, A Filetta und Charlie Parker, Paul Simon und Altan, Devendra Banhart, die Rosencrantz-Sonaten von Biber, jetzt will ich aber nicht vom Soundtrack unseres Lebens reden, auf keinen Fall, das erlaube ich mir einfach nicht, auch in Briefen ist ein wenig Strenge und Umsicht geboten, was die Bilder angeht, es ging einfach um Strandgut (wieder ein Bild: ist es ein besseres?), das ich dir zeigen wollte. So lag es eben einfach herum, auf dem Trockenen, weil du mich abgeschnitten hast von unserem Redestrom, der ein Lebensstrom war und so weiter.

Dann war Zeit vergangen und noch mehr davon, es schien noch alles lauwarm, und so viel gesammelt und so viel geschrieben, Listen Notizen Zettel Briefbögen übereinandergeschichtet, keine Mails und nicht mehr angerufen, keine Klage, kein Drängen, ich habe nicht um dich gekämpft, CHARLEY, denn eigentlich: warst du immer noch da.

Was CHARLEY kann (konnte?):

Sonnenbrände ertragen wie kein Zweiter.

Steppdecken selbst nähen. Seine Nähmaschine war elfenbeinfarben und kaum verrostet. Es würde dauern, bis wir unter der Steppdecke liegen könnten. Das machte aber nichts, weil es meistens Sommer war, solange wir uns kannten. Natürlich konnte er auch Socken stopfen und aufgerissene Nähte flicken. Wenn ich aufgeregt war, fotografierte ich ihn unter der Stehlampe beim Stopfen, das beruhigte mich.

Nicht antworten und dann plötzlich doch. Immer dann, wenn ich nicht wartete, und manchmal hatte ich die Fragen schon fast vergessen.

Kirschen pflücken und essen, auch wenn sie nicht reif waren.

Äpfel pflücken und essen, auch wenn sie nicht reif waren.

Nackt im Schnee Feuerwerk anzünden. Dem bengalischen Vulkan, den ich ihm mitgebracht hatte, baute er im Garten einen Kegel aus Schnee. Als er ihn anzündete, schmolz die Kuppe, und der Vulkan versank sprühend in seinem eigenen Berg. Ihm wurden die Fußsohlen so kalt, dass er in einem einzigen großen Satz zurück in die Wohnung sprang, ohne den Schnee noch einmal zu berühren.

Er konnte mich nicht lang genug anschauen.

Er konnte sich die Fußnägel nicht schneiden.

Er konnte keine Zigaretten rauchen und keine Insekten töten. Er konnte mich nicht heiraten und auch niemanden anders. Er konnte nachts nicht schlafen und mir keine Liebesbriefe schreiben. Er konnte Schauspielern nicht applaudieren und auf der Gitarre nur drei Akkorde. Er konnte mich nicht in den Arm nehmen und Hemden nur manchmal bügeln. Er konnte keine Hunde lieben und mich vielleicht auch nicht. Er konnte keinen Small Talk und seine Angst nicht überspielen.

Ich kenne niemanden, der all das nicht konnte. Ich will niemanden, der all das kann.

Die Männer danach durchliefen zahlreiche unsichtbare Checklisten. Ich musste sie überprüfen, bevor ich sie überhaupt ins Haus ließ. Eine Zumutung: die tastenden Fragen, die Unterbrechungen, die Aussprache, sie sprechen unsere Sprache nicht, CHARLEY, sie sprechen überhaupt viel zu wenig. Manche auch zu viel. Manche atmen zu oft, andere haben einen unsteten Blick, der mich zu sehr an dich erinnert, überhaupt ist die Ähnlichkeit oder Abwesenheit der Ähnlichkeit ständig im Kopf, ich lege dein Bild über alle anderen, so wie es unverändert fixiert in meinem Herzensarchiv ruht, und vergleiche, auch wenn ich es nicht will (doch, ich will).

Und die fremden Körper, der Atem so nah an meinem Gesicht, diese Finger, die überall hinwollen, das laute Lachen (oder das leise Lachen), die Zudringlichkeit einer anderen Stimme als deiner, die Ahnung einer fremden Haut auf meiner, Umarmung ist eben kein Service, sondern ein Mantel, der uns beide umhüllt.

Ich schaue nicht mehr in andere Augen. Lieber bin ich allein im Archiv, unumarmt. Keine Bahnsteige mehr. Wiesen sind gestrichen.

Natürlich, schreibe ich an CHARLEY, stimmt das nicht. Habe ich trotzdem seitdem auf Wiesen gelegen.

Bin nicht allein und nicht ohne Wiesen.

Habe gesprochen, gegessen, geliebt und geschlafen. Immer über die Wiesen, Landschaft als Liebestraining.

Mit den Gefährten habe ich den Wiesentest gemacht. Im Gras liegen, nicht reden, die harten Stoppeln unterm Hinterkopf, Steine unter den Rippen, Wiesen sind Äcker, dass man sich da nicht vertut, und wer mit mir auf Äckern liegt, darf auch am Tisch sitzen, mit mir Bücher lesen und mir die Hand in den Nacken legen, aber nur dann.

Einer nach dir hatte auch einen Garten, einen japanischen Steingarten, sorgsam abgezirkelte Flächen, einzelne Steine lagen in geharkten Sandwellen, in diesem Garten gab es nichts zu ernten und nichts zu schauen, dazu war er da. Wir saßen am Rand auf einer einfachen Bank, schauten auf das Nichts dieses kühlen Gartens, die stillen Muster, ohne uns zu berühren, und die Kleider blieben sauber, kein Heu in den Haaren.

Ein anderer war musikalischer als du, er spielte Cello für mich, die Bach Solo-Suiten, das Instrument sorgsam umarmt, den Kopf geneigt, Anmut auf ganzer Linie.

Ein Dritter hatte boshafte kleine Augen und brachte mich jeden Tag zum Lachen. Ein Vierter konnte jonglieren und brachte es verkorksten Kindern bei, damit sie wieder an sich glaubten.

Ein Fünfter wusste alles über Kaffee, er kannte die feinsten Bohnen und schäumte mir mit links Muster in die Milch.

Ein Sechster, den hätte ich gern behalten, liebte seinen großen Hund mehr als mich, einen grauen zotteligen Kerl, der ihm überallhin folgte und seinen Kopf auf die Tischplatte legte, wenn wir aßen.

Ein anderer hatte Kinder, so viele, dass ich die Namen vergaß, wir spielten Federball im Park und waren eine *chat group*.

Manche brachten schnelle Schuhe oder italienische Gedichte mit, sie waren achtsam oder wütend, herrisch oder kindisch, sie wanderten mit mir durch die Heide, knuspriges braunes Kraut unter unseren Schritten, sie massierten mir die Füße und schoben Schubkarren, was sie alles konnten, CHARLEY, und keiner blieb übrig am Ende, darauf brauchst du dir nichts einzubilden, keiner.

17. Januar

ERWARTUNG. [...] ›Bin ich verliebt? – Ja, weil ich warte.‹ Er, der Andere, wartet nie. Manchmal möchte ich den Nicht-Wartenden spielen; ich versuche mich anderweitig zu beschäftigen, zu spät zu kommen; aber bei diesem Spiel verliere ich immer; was ich auch tue, ich finde mich müßig, ich komme rechtzeitig, ja sogar zu früh. Die fatale Identität des Liebenden ist nichts anderes als dieses *ich bin der, der wartet.*

RB

Im Innenteil der Zeitung finde ich ein Bild: Seesterne angespült an einen Nordseestrand, massenhaftes Seesternsterben. Man sieht den weiten Sandstrand, und darauf wie hingeschüttet Tausende verendeter Seesterne, manche mit ausgespreizten Zacken, andere eingerollt wie unter Krämpfen, manche in Stücken, einzelne Seesternteile, abgerissene Arme. Zwischendrin geht jemand in Gummistiefeln, den Blick gesenkt, als zähle er die Toten. Was fange ich mit diesen Bildern an, schreibe ich an CHARLEY, gestorbene Seesterne, ekeln sie mich? Bedeuten sie etwas? Oder sind sie belanglos, kurios, merkwürdig? Gibt es Wichtigeres? Gibt es nicht immer Wichtigeres? Wäre ich Lyrikerin, CHARLEY, könnte ich Bilder miteinander verschränken, Kriegsherde mit Seesternen, Versehrtheit weicher Körper, ich könnte sie ineinanderschieben, aber weil ich dir schreibe, muss ich Erzählerin bleiben.

Ein Wind geht draußen und wirft Fahrräder um, ich höre Metall auf Asphalt knallen.

Zimmi ist inzwischen so groß, CHARLEY, sie fährt allein Fahrrad, sie fährt allein Roller, sie fährt Auto, gibt es das schon: ein Lebenslauf entlang der Fahrzeuge, Führerschein als *Coming of Age*, am Anfang und am Ende Kutschfahrten. Nicht sehr lustig. Aber du kannst ruhig mal lachen, CHARLEY, du lachst zu wenig, ich meine, früher jedenfalls, vielleicht haben dich die letzten Jahre ja das Lachen gelehrt (ein Leben als Lachverlauf). Das erste Lächeln, das über ein Säuglingsgesicht weht, das hemmungslose kehlige Lachen eines Dreijährigen, das Kichern des Kindes, schallendes Gelächter eines betrunkenen Jungen, Grölen und Jubeln, mit den Kumpels sich vor Lachen nicht halten können. Du hattest nicht viele Kumpels, hast du erzählt, du warst für dich, ein schmaler stiller Junge, einer, der allein im Kirschbaum sitzt und über den See schaut, der hinten im Garten etwas vergräbt, von dem nur er weiß, wozu es gut ist; ein Kind, das so lange Fahrrad fährt, bis es zu den Bergen kommt, und das sich selbst das Flötenspielen beibringt. Aber auch so ein Junge hat doch Freunde, frage ich dich (mich), wo waren die? Allein im Holzboot durch das Uferschilf gerudert und nach Graureihern geschaut; allein dem Hund beim Schlafen zugeschaut, die Schlappohren wie Gummi um den Kopf gelegt, die Pfoten angewinkelt und immer ganz leicht in Bewegung. Als der Hund starb, hast du für die Beerdigung eine Decke über ihn gelegt, damit er im Grab nicht feucht würde (ich weiß nicht, ob du es mir so erzählt hast, eher meine ich, du magst Hunde nicht). Sich ernst zu halten schont das Gesicht. Vielleicht hast du nach fünf Jahrzehnten immer noch ein Gesicht glatt wie Obst, ohne die Risse und Kerben, die Lachen, Weinen und Bitterkeit in die Haut ätzen. Ich würde es schon gern sehen.

Versuch über CHARLEY 10

CHARLEY ist ein Mensch, der kaum lacht. Er lebt unter Menschen, deswegen beherrscht er die Grammatik der Höflichkeit und verzieht auch, wenn es passend ist, sein Gesicht zu einem freundlichen Lächeln. Aber leicht fällt es ihm nicht, er ist nicht durchsonnt von Heiterkeit, nachdenklich geht er die Straßen entlang und durch die Innenstadt, wo er sofort in das Kreuzfeuer des allgegenwärtigen Lachens gerät; hier lachen alle, Kaffeebecher in der Hand, Augen zu glitzernden Schlitzen verengt, sie begrüßen sich strahlend, lachen in die Telefone und stoßen sich an, in den Geschäften wird jeder schmunzelnd empfangen, junge Mädchen schwenken lächelnd ihre Handtaschen. In den Gruppen, in denen sie beieinanderstehen, gibt es keine ernsten Gesichter. Er beobachtet, wie gelegentlich die Mundwinkel ermüden, jemand fährt sich rasch mit der Hand über das Gesicht, um hinter den Fingern einen unbeobachteten Moment zu erhaschen, ein Mädchen lässt die Haare vors Gesicht fallen wie ein Vorhang, und die Alten halten die Lippen um die Zähne geschlossen, aber es sind wenige. Als CHARLEY anfangs mit ernstem Gesicht sein Büro betrat, sorgte er für Aufruhr. Man befürchtete, er sei betrübt, depressiv, verärgert, psychotisch, kühl, abweisend, unzugänglich, traumatisiert, unsicher oder erkältet.

Immer wieder wurde er darauf angesprochen. Was los sei, ob man ihm helfen könne, ob er zum Mittagessen mitwolle, ob es etwas zu klären gebe oder ob ihm eine Laus über die Leber gelaufen sei. Er kannte diese Irritationen und wusste, sie würden vorübergehen. Nach einer Weile würden die Menschen es einfach vergessen, wie eine leichte Behinderung, die man nach einigen Monaten hinnimmt, weil man sich daran gewöhnt hat.

Und so ist es auch gekommen, er arbeitet immer noch dort, geht mit zu Weihnachtsfeiern und Bogenschießen, mit manchen auch in Skiurlaub, sein Ernst ist aufgehoben im großzügigen, flächendeckenden Lachen der anderen, und sein Gesicht ist noch immer fein und glatt wie einst.

Warum lachst du nicht, hat ihn Laura gefragt, als sie sich gerade kennengelernt hatten.

Ich habe noch nichts gefunden, was mich belustigt, war seine Antwort gewesen, und damit hatte sie sich begnügt.

Immerhin, CHARLEY, habe ich dich oft zum Lachen gebracht (ich bin besser als Laura). Ich hätte dich heute fast gegoogelt. Aber ich erspare es uns.

18. Januar

Heute jemanden von früher getroffen, wir saßen im Café beinahe gegenüber, schauten einander aus Versehen ins Gesicht. Ich gucke sonst nicht herum, wenn ich allein im Café sitze, weil ich arbeite (Anträge, Aufträge, Halbfertiges). Zu Hause würde ich es nicht anrühren, also schicke ich mich in ein Café und weiß immer schon wohin: meine zwei, drei Lieblingscafés, immer die gleichen, und am liebsten von den Lieblingscafés das mit den Betonwänden und den zerkratzten Tischen und den ruppigen, unverwüstlichen Rebellinnen an der Theke, die mich kennen, aber nie anlächeln, sie machen noch nicht einmal den besten Kaffee, schon seit zwanzig Jahren in den gleichen großen Schalen, teurer wird er auch nicht, und sie duzen mich (weil sie es müssen, habe ich neulich von einer Aushilfe erfahren, die mich erst siezte, dann ihren Fehler bemerkte und zusammenzuckte und mir gegenüber zugab, dass alle Rebellinnen alle immerzu duzen müssen, für viele Kunden einer der Hauptgründe, noch in dieses Café zu gehen), es wirkt sofort, ich fühle mich wie früher oder so wie sonst auch, aber hier mit mehr Berechtigung.

Ich fühle mich immer wie früher, CHARLEY, ein gleichbleibend altersloses Gegenwartsgefühl, das aber zunehmend niemand mehr begreift, ich sehe anders aus als damals, also sollte ich mir endlich Nachhilfe erteilen und mich einholen, anstatt mich einfach nicht neu kennenlernen zu wollen. Dazu gehört vermutlich auch, nicht mehr, so wie immer und *forever*, an dich zu schreiben. Das habe ich ja auch versucht: die letzten Jahre nichts zu schreiben, ein weises Schweigen, vornehmes Nichtschreiben. Resultat: Verstopfungen und Stauungen in Kopf und Körper.

Jedenfalls, in meinem Lieblingscafé spielen mir alle die Bälle zu, sie machen mir den gleichen Kaffee wie immer, duzen mich, schieben mir ruppig den Kaffee über den Tresen, so dass eine kleine Welle auf die Untertasse schwappt, die Teller haben immer noch die gleichen Schrammen und Katschen im Porzellan. Schließlich hob ich den Blick, als ich begann, mich mit dem verordneten Papierstapel zu langweilen, und da schaute diese Frau auch gerade herum, und wir erkannten uns sofort, blickten schnell weg, dann wieder hin, sehr hübsch, schreibe ich an CHARLEY, beinahe ein Flirt, und schließlich nickten wir ein wenig und grinsten, aber das Wiedererkennen reichte nicht, um aufzustehen und zu grüßen und unsere Leben in drei Sätzen zusammenzufassen, ich hätte auch nicht gewusst, wie. Den Rest der Zeit, bis sie aufstand und noch einmal herüberschmunzelte, verbrachte ich mit unauffälligem Glotzen, ich schaute dieses Gesicht an, das ich von der Seite sehen konnte, manchmal auch, wenn sie den Kopf wandte, von vorn, und ich habe herausgefunden, CHARLEY, dass die Verwüstungen vor allem im unteren Teil des Gesichts stattfinden. Um die Augen vielleicht ein paar Faltenkratzer, strahlenförmig angeordnet, oder kranzartig, aber ab der

Nase abwärts geht es los, Kerben von den Nasenflügeln zum Mund, die Oberlippe sorgfältig aufgefältelt, und vor allem: die Backen sacken nach unten, das alternde Frauengesicht wird schwer und nach unten hin fleischig und doggenhaft. Es scheint sich kaum vermeiden zu lassen (ob wir uns überhaupt wiedererkennen würden, soll mir mal einer sagen, diese schweren herabhängenden Schnauzen, die haben wir früher nicht gehabt), und ich weiß, dass ich genauso verändert bin wie die Frau im Café, auch die Rebellinnen hinter der Theke erkennen mich in Wirklichkeit nicht und tun nur so, bei jedem nicken sie mürrisch und wissend, dabei sehen sie nur eine mittelalte strubbelige Hippieperson mit einem bulligen Unterkiefer hereinkommen und wissen gleich Bescheid, solche Personen waren hier früher jung und wollen erkannt werden, und auch die Rebellinnen altern mit uns, natürlich tun sie das, es steht ihnen nicht schlecht, finde ich, weil zu ihrem Programm ja gehört, nicht zu gefallen und nicht zu verzärteln, und das verträgt sich besser mit dem Älterwerden als das Gleichbleibeprogramm, das ich anscheinend verfolge und zu dem auch du gehörst.

Spaziergang auf dem Berg. Schneerinnen und Schneekuhlen im feuchten Boden, dort, wo die Erde Falten geworfen hat, hält der Schnee sich länger als auf den Autodächern. Obwohl schon eine Woche alt, ist er von reinem Weiß. Ein weggeworfenes Taschentuch kann es mit seinem Weiß nicht aufnehmen. Ich sehne mich nach mehr Schnee oder gar keinem, nach einem entschlossenen Zustand. Ich will eingeschneit werden, nicht auf halber Höhe auf die Stadt herunterschauen und herumzögern, ja, es sollte sich einiges ändern, das war doch in der Silvesternacht auch beschlossen, und indem ich dir wieder schreibe, habe ich ja auch damit begonnen, oder nicht.

19. Januar

> UNTERHALTUNG. […] Die Sprache ist eine Haut: ich reibe meine Sprache an einer anderen. So als hätte ich Worte anstelle von Fingern oder Finger an den Enden meiner Worte. […] Als Liebender sprechen heißt ohne Ziel, ohne Krise verausgaben; heißt eine Beziehung ohne Orgasmus praktizieren.
>
> *RB*

Es ist sehr schwierig, schreibe ich an CHARLEY, die Gesellschaft eines Menschen auszukosten. Ich sehe das an Zimmi. Wenn sie zu Besuch ist, beglückt sie mich. Ihre Haare, im Nacken kurz geschoren, und die wachen Augen, ihre witzige und zugleich freundliche Art zu erzählen; ihre gerunzelte Stirn, während sie sich den Schmuck in die Ohrläppchen schiebt; ihre festen Beine, wenn sie halb nackt im Wohnzimmer Yoga macht, und wie sie ihre Oboe auspackt; ihre unermüdliche Lust auf andere Menschen; die roten Flecken in ihrem Gesicht, wenn sie vom Laufen zurückkommt; die Unmengen von Gemüse, die sie durcheinander in den Wok wirft; was sie alles nicht mag und ihre Ungeduld, wenn das Fahrradschloss blockiert; ihre warmen runden Fingerkuppen, die Tränen, die ihr so locker sitzen wie mir, und wie sie lacht. Ich möchte nichts an ihr verpassen. Ich treibe mich in der Küche herum, wenn sie ausgegangen ist, weil sie ja bald wiederkommen und vielleicht mit mir einen Tee trinken wird. Ich lasse Zeitungsartikel liegen, über die wir reden könnten. Abends lungere ich herum, bis ich einsehen muss, dass sie woanders feiert. Ich will sie in der Stadt treffen, will sie auf der Straße entdecken, mit ihr Rad fahren und ihr die Schultern massieren, Kirschmarmelade kochen, Drachen steigen lassen und Regale zusammenbauen. Wir tun all das auch, aber natürlich nur gelegentlich. Sie hat andere Dinge vor, selten ist sie da, und wenn, dann trifft sie diesen und jenen, und ich muss meinen Hunger nach ihr verbergen. Keine Bedürftigkeiten zeigen, sie nicht bedrängen, die junge Kätzin durch die Straßen streifen lassen, was denn sonst. Ich schaue beiläufig hoch, wenn sie aufbricht und mir noch einen Gruß zuruft, und schaue ihr doch hinterher, als käme sie nicht zurück. Ich will sie in den Armen halten und richtig zufassen, so wie früher, ich will an ihr schnuppern, will sie an meinen Hals ziehen und ihr den Nacken streicheln, mich an sie lehnen und ununterbrochen mit ihr reden, und nichts davon zeige ich ihr, nur mein Blick folgt ihr beiläufig, und wenn die Haustür geht, sinke ich etwas in mich zusammen und presse die Lippen aufeinander. Dabei bin ich doch, wenn sie zu Besuch ist, in bester Gesellschaft, wir sehen uns, sind stundenlang umeinander, ich mache ihr Avocado-Dip und Kichererbsencurry und laktosefreie rote Grütze. Während des Essens erzählt sie, von Freunden, Konzerten, Vorlesungen: es ist alles so, wie ich es nur wünschen kann, und nie genug.

So wäre es auch mit dir, wir könnten alles tun, was wir

immer taten, wir könnten Kirschblüten klauen und Lindenblüten trocknen, irische Musik spielen und in der Sauna die Füße aneinanderlegen, schweigend spazieren gehen und das Parkett abschleifen, es wäre nie genug. Deswegen ist es weise, es gar nicht erst zu versuchen, verstehst du, es würde sowieso nicht genügen, es würde mich hungrig zurücklassen, also so, wie ich jetzt bin, also: wozu schreibe ich dir überhaupt?

Die Wege heute trocken, viele Spaziergänger. Manche untergehakt oder Arm in Arm, vielleicht weil sie den kühlen Sonnenschein als Aufforderung nehmen, sich verliebt oder zugewandt zu zeigen. Auf dem kurvigen Weg am Weinberg junge Zausel mit Longboards, die sie nach oben zum Start trugen, wo Limo und Bier aufgebaut waren, auch kleine Handkameras und Frotteetücher. Sie warteten, bis ihre Freunde sie filmten, dann nickten sie, hoben eine Hand in die Kamera wie zum Segen und rollten in gemächlichem, dann immer aberwitzigerem Tempo den Weg hinunter, kleine gut gepolsterte Abenteurer. Oben wartete das Rudel, dass der Abfahrer wieder zurückkehrte, sie lobten ihn und legten ihm ein Handtuch um den Nacken und Arme um die Schultern, viel guter Willen, geballte Fäuste, die sie aneinanderstießen wie Gläser zum Zuprosten. Wir beide haben solche Rudel nicht gekannt, dachte ich und: starker Wunsch nach Rudel (wir waren ein eigenes Rudel, CHARLEY! das kleinstmögliche). Ich ging an den Skatern vorbei, die mich nicht sahen, das passiert mir nun öfter, die viel beschriebene, allseits gefürchtete Unsichtbarkeit, ich bin ausgeschnitten und vorsichtig herausgelöst worden aus dem Bilderbogen, eine leere Silhouette, außer für geschulte

Beobachter wie die Rebellinnen aus dem Café, deren Gäste alle etwa mein Alter und meinen Grad an Unsichtbarkeit haben, und für alte Gefährten, wie du einer wärest. Deswegen, schreibe ich CHARLEY, halten doch die Leute an ihren Gefährten fest (ihrem Kleinstrudel), weil sie nur von denen noch angeschaut werden, diesen Blick des anderen braucht man, und in meinem Fall warst du (auch wenn du den Blick nicht halten konntest) so weitreichend dafür zuständig, dass sich so einfach kein Ersatz findet, jedenfalls die letzten Jahre nicht mehr. Kinder taugen dafür nicht, sie schauen ihre Eltern ja kaum an, sie blicken, wenn alles gut gegangen ist, generell wohlwollend in deren Richtung, da irgendwo ist sie, die Mutter, so wie immer kann man mit ihr rechnen, genaues Hinschauen nicht vorgesehen. Die Mutter muss sich die lebensrettenden Blicke eben woanders organisieren, Bäume, Passanten, Bekannte, Bäckereiverkäuferinnen reichen nicht (Hunde wären ein Anfang).

20. Januar

Heute: nachlässiger Regen, schmieriger Belag auf den Treppenstufen zu meiner Wohnung, unregelmäßiges fettes Tropfgeräusch direkt vor meinem Fenster. Unerträgliches Gefühl eines immerwährenden Sprechens ins Leere. Ich widerstehe dem Drang, Zimmi anzurufen, es ist die falsche Stimmung, reine Bedürftigkeit, in diesem Zustand dürfte mich nur ein Hund sehen.

Vielleicht sollte ich einen holen.

21. Januar

> AUSWEGE. Lösungsillusionen jeder Art, die dem liebenden Subjekt trotz ihres häufig katastrophenartigen Charakters vorübergehend Ruhe verschaffen [...]. [...] Die Lösungsidee ist immer eine pathetische Szene, die ich mir ausmale und die mich bewegt; kurz, ein Theater. [...] Indem ich mir eine extreme Lösung ausmale, bringe ich eine Fiktion hervor, werde ich zum Künstler, male ich ein Bild.
>
> *RB*

So schwer, wie die Gesellschaft eines anderen auszukosten, CHARLEY, ist es, auf die Gesellschaft des anderen zu verzichten. Weißt du noch, eines unserer allerbesten Bücher: Roland Barthes, wie er die Trauer nach dem Tod seiner Mutter beschreibt. Vor allem schreibt er immer wieder von Trockenheit: *acedia,* Trockenheit des Herzens. Das ist meine Krankheit. Sie hat sich in mir ausgebreitet, papierne Lustlosigkeit, und selbst wenn eine Begeisterung entsteht, hat sie nicht die gleiche Saftigkeit wie früher, weil ich sie für mich behalte. Für Begeisterung brauche ich ein Dreieck, schreibe ich an CHARLEY, mich, dich und Geist, und wenn eines davon fehlt, geht es eben nicht. Dann gibt es vielleicht Geist und mich, aber auf trockenem Grund, so wie bei Coetzee, wo Michael K. im Wüstenboden Kürbiskerne pflanzt (immer wieder Gärten), er wässert sie mühsam, mit einzelnen Tropfen, und schließlich dankt der trockene Boden es ihm und bringt einen Keim hervor, einen Sprössling oder was auch immer (du weißt es besser als ich, all dieses Pflanzenzeug, das ich nur aus deinem Garten und von unseren Spaziergängen kenne, weil ich eben aus der Stadt bin), jedenfalls wachsen dann mühsam die Kürbisse, die er auch noch verstecken muss vor marodierenden Kerlen, er bedeckt sie jeden Morgen mit Staub und legt sie jeden Abend wieder frei, und der Boden ist noch immer trocken, aber diese wenigen Tropfen reichen, um eine Ernte zu bekommen.

Vielleicht ist es eher an der Zeit, schreibe ich an CHARLEY, dir zu schreiben, woran ich arbeite, damit du siehst, dass ich tätig bin (und damit du dir alle meine Bücher kaufen und sie studieren kannst), ich muss dir doch beweisen, wie gut ich in der Arbeit stehe, wie ein Pferd gut im Futter steht in einem trockenen, windgeschützten Stall, ich werde auch genügend bewegt, es gibt Ausritte, Turniere, gelegentlich Tierarzt. Jedenfalls arbeite ich fleißig, so wie ich es gelernt habe und nicht anders kenne, und immer ernsthaft, aber nicht pflichtbewusst, also eben mit der gebotenen Lust und Freude, mit dem nötigen Witz und Aberwitz, mutig und lässig, unermüdlich, jedoch nicht obsessiv, selbstredend genügend besessen, und wenn ich nicht weiterweiß, lese ich Roland Barthes, der am besten von allen (wie du weißt) erklärt, wie man einen Roman verfertigt und dass es genauso gut ein Haiku sein könnte, aber Haikus kann ich nicht. Es gäbe sehr viel zu berichten von den Hunderten von Schauplätzen, Dutzenden von Figuren, von all den Dialogen und Monologen, dem einsamen Geschwätz und dem köstlichen Schlagabtausch, vom immer neu beschriebenen Schweigen, all die Anfänge und klugen ersten Sätze, und die letzten erst, die solltest du dir besonders vornehmen, und vergiss die Titel nicht. Ich schreibe mich stetig voran und schreibe gern über das Schreiben, mal beschreibe ich es als eine Pilgerreise, mal als ein Abenteuer, dann wieder als eine Forschung oder ein ernstes Spiel, als umschriebenes Schweigen oder beredte Musik, ein Bild spielt ins nächste und keines hält stand, jedenfalls ist es nicht so, dass ich nur für dich schriebe, im Gegenteil kommst du gar nicht vor, es geht nicht um dich und ist nicht für dich, für niemanden nämlich; ich muss dir nicht erklären, wozu ich schreibe, du liest es ja doch nicht.

Was ich sagen wollte, war ja nur, dass ich sehr beschäftigt bin, gut, eine Weile lang ist es still gewesen, ich meine, still geworden, weißt du, eine trockene Stille, etwas Wüstenhaftes, und ich musste warten, überhaupt ist Trockenheit viel schwerer zu ertragen als Nässe. Niemand hat mir den Hahn aufgedreht, nichts weiter ist passiert, aber dann habe ich am dreckigen ersten Januar doch wieder angefangen, dir zu schreiben, und jedenfalls wollte ich ja nun nicht darüber schreiben, dass ich dir schreibe, sondern dass ich auch sonst schreibe, ich darf von mir glauben, dass ich Schreibende bin, solange ich schreibe jedenfalls. Anbei, *dear CHARLEY*, speziell für dich, folgende (schlechte?) Geschichte.

Schlechte Geschichte II

Ich verlor meine Liebe und musste hinaus in die Landschaft. Ein später Frühling hatte sich breitgemacht, die Rhabarberstauden in den Gärten waren fett, so wie mein Gefährte es mochte, und der Spargel hatte sich extra für ihn besonders rasch aus der Erde gedrängt. Die Gärtner verlegten frische Wege aus Feldsteinen und einen Wasseranschluss, und Gießkannen waren im Sonderangebot. Die Gegend war steil, damit er besser bergauf laufen konnte, und das Gras frisch gemäht für seinen Kopfstand. Kapellen wurden aufgestellt, an deren Wände er sich lehnen konnte, um in der Sonne zu reden über dies und das. Überall war alles speziell für ihn eingerichtet. Man baute Tischtennisplatten in die Gegend, legte Laufstrecken in Flusstälern an und verbot flächendeckend Funktionskleidung. Kichererbsen und Rucola wurden vermehrt angebaut, überall hämmerte man an kleinen Gewächshäusern. Ewige Sportwochen wurden ausgerufen. Die Rennradfahrer zogen in alten Höschen an mir vorbei, dünn wie Windhunde, um ihn abzuholen. Die Eichhörnchen hingen auf den unteren Ästen und erwarteten ihn. Die Berge hielten ihre Felsen bereit und ihre Spalten offen, damit er hineinfallen konnte, wenn ihm danach war.

Auch drinnen lag die Welt meinem Gefährten zu Füßen. Im Supermarkt kaufte ich die gleichen Datteln wie er und verschluckte mich an den Kernen. Die spanischen Musiker auf der Straße sahen aus wie er vor zehn Jahren, und das Kind im Buggy glich ihm auch. Ein Junge, nickte die Mutter stolz, als ich ihn anstarrte. Dann drehte sie sich zur Seite und stöberte in den Regalen des Drogeriemarktes, in den ich gekommen war, um allein zu sein. Kurz überlegte ich, das Kind aus dem Buggy und mit nach Hause zu nehmen. Ich würde ihm den Bauch mit Kümmelöl einreiben und ihm abends ein irisches Lied vorsingen. Ich könnte mir einen neuen Namen für ihn aussuchen, vielleicht den Namen meines Gefährten. Dann hätte ich immer Gesellschaft. Und wenn er groß wäre, hätte ich einen neuen Gefährten. Aber die Mutter hatte meine Gedanken gelesen und drehte sich gleich um. Kennen wir uns, sagte sie scharf und starrte an meinen Augen vorbei in mein Gesicht, was gar nicht einfach ist. Ich weiß nicht, murmelte ich, hier kennt ja jeder jeden, Ihr Sohn hat mich an jemanden erinnert. An mich, stimmt's, sagte sie strahlend, und ich lächelte zurück.

Im Baumarkt fand ich einen Bausatz für Bilderrahmen, den mein Gefährte schon lange gesucht hatte, und Dübel für ein Bücherregal, und einen Werkzeugkasten aus richtigem Eisen, so schwer, dass ich ihn kaum heben konnte, etwas für die Ewigkeit. Die Fahrradwege bogen sich alle in seine Richtung. In der Bibliothek fielen mir Bücher in die Hände, in denen ganze Passagen fehlten, weil er sie weggelesen hatte. Überhaupt war alles neu geordnet, neue Wissensgebiete waren eingerichtet worden, neue Katalogsysteme eingeführt, ich fand nichts mehr und nahm schließlich das ›Tagebuch der Trauer‹, fand mich aber nicht sehr einfallsreich.

An der Ausleihtheke erkannte der Computer meinen Leseausweis nicht, und als ich einen neuen haben wollte, konnte ich mich nicht ausweisen.

Sie müssen doch irgendetwas dabeihaben, rief die Bibliothekarin. Führerschein! Reisepass! Tanzklub! Ruderverein! Bonuskarte! Irgendetwas!

Sie kennen mich doch, sagte ich leise und dringlich, ich war doch schon so oft hier, ein halbes Leben fast.

Das sagen alle, meinte die Bibliothekarin und hob kaum den Blick, dabei war ich fast sicher, dass ich bei ihr Roland Barthes' Gesamtwerk ausgeliehen hatte und Kazue Ishiguros Gesamtwerk und einen Wanderführer für Korsika, bei ihr alles über Louise Bourgeois und auch Thomas Meineckes Gesamtwerk, Ratgeber über Hunde und Leitfäden fürs Schreiben und alle nordenglischen Lyriker, die ich kriegen konnte. Sogar einen Langlaufkurs hatten wir gemeinsam absolviert, die Bibliothekarin und ich, obwohl wir uns das nicht ausgesucht hatten. Wir hatten beide wie Anfänger auf den Brettern gestanden, ich, um meinem Gefährten eine Freude zu machen, sie, um statt der staubigen Bibliotheksluft frische, glasige Schneeluft zu atmen, aber zum Atmen kamen wir kaum, weil das Skifahren schwerer war, als wir dachten, wir übten Hinfallen und Kurven, die Bibliothekarin war wendiger als ich und konnte die Beine in alle Richtungen biegen, und am Ende des Kurses drückten wir uns die Hände und tranken heißen Rum aus meiner Thermosflasche.

Ski heil, sagte ich leise, um sie daran zu erinnern. Aber sie hob den Blick nicht und schob mir ein Formular zu. Ich füllte es aus, so langsam, als hätte ich gerade schreiben gelernt. Dann ging ich in den Lesesaal. Die Bibliothek war in einem alten Kino, die Regale dort, wo früher die Leinwand gehangen hatte, die roten Plüschvorhänge gab es noch. Die Arbeitsplätze waren tiefe, weiche Sessel, und man durfte

Popcorn mit hineinnehmen. Mit meinem Gefährten hatte ich mir immer einen Eimer Popcorn geteilt, jeder hatte seine Bücher vor sich, und zwischendurch schauten wir nach vorn und küssten uns, als liefe gerade ein Film in der Dunkelheit. Manchmal lasen wir uns auch Sätze vor und lachten. Wenn ich einschlief, was kaum zu verhindern war in dem weichen Sessel, und mir der Unterkiefer herabfiel, stieß er mich mit seinem Bleistift in die Seite. Ich räusperte mich dafür, wenn er Seiten ausriss, damit niemand das Papiergeräusch hörte. Wie viele andere versuchten wir, uns abends in der Bibliothek einschließen zu lassen, weil wir eine Nacht im dunklen Kino verbringen wollten, aber die Bibliothekarin, zart wie sie war, hatte eine schwere englische Bulldogge, mit der sie die Sitzreihen ablief und die Liebespaare hinausschickte.

Als ob ich ohne meinen Gefährten nicht mehr wiederzuerkennen wäre, übersah mich auch der rundbebrillte Caféchef, der hinter seinem Tresen die Kürbiskernmuffins zu Pyramiden türmte und uns früher immer ungefragt zwei geschäumte Zimtmilch mit Kakaopuder zugeschoben hatte. Nun, da ich für mich war, missbilligte er meine Vereinzelung, vielleicht fand er mich sogar eklig, so ganz allein an seinem Tresen, wie ein Insekt ohne Beine. Trotzig bestellte ich die gleiche Zimtmilch wie früher und holte einen Band mit schottischer Lyrik aus der Tasche und las ihn von vorn bis hinten, bis ich Magenschmerzen bekam.

Die Bootsverleiherin am See übersah mich natürlich genauso. Sie saß über ihren Zeitungen, zwirbelte an ihren stürmischen Haaren und machte einen vertieften, hingegebenen Eindruck. Dass ich herumstand und auf die handgeschriebene Preisliste der Ruderboote starrte, auf die Eistafel und schließlich auf sie, schien sie kaum zu bemerken. Wenn mein Gefährte dabei gewesen war, hatte sie gleich die Ruder geholt und ihn angegrinst. Sie redeten kaum, mein Gefährte und die Bootsfrau. Mit wenigen Handgriffen zerrten sie das beste Boot ins grüne Wasser, das frisch gestrichene, das die meisten Kunden nie zu sehen bekamen, weil es hinter dem Verleihschuppen lag, von Schilf halb verborgen. Mein Gefährte verstand von Booten genauso wenig wie ich, aber die Verleiherin stand zufrieden am Ufer und sah ihm dabei zu, wie er es hinausruderte, mit etwas zu heftigen Schlägen, die das Wasser aufwühlten, ich hätte es nicht schlechter gemacht. Aber er gefiel ihr, und mich übersah sie, so wie sie all die Kunden übersah, die in zu Schwänen geformten Tretbooten hinausfuhren, und diejenigen, die die schwimmenden Fahrräder ausliehen, obwohl die viel mehr Geld brachten. Jetzt, ohne meinen Gefährten, war ich eine, der sie vielleicht einen Schwan geben würde, aber mehr nicht.

Kann ich das gute Boot haben, fragte ich. Sie schaute gar nicht hoch, sie schabte an ihrem Fingernagel, blätterte sich durch den Politikteil und schüttelte mehrere Sekunden lang energisch den Kopf. Ich hing noch eine Weile am Ufer herum und machte den See schlecht, um die Wehmut zu vertreiben. Der See war sehr klein, schlammig, überfüllt, er roch nach Tang, hatte keinerlei Fischbestand, nur einige kümmerliche kaulquappenähnliche Geschöpfe schwänzelten durch das Schilf.

Ich erwog die Anschaffung eines Hundes, der mich immer anschauen würde. Ich ging sogar ins Tierheim, um mich womöglich neu zu verlieben.

Schon vom Parkplatz aus hörte ich das erbärmliche vielstimmige Jaulen eines großen Rudels. Das Tierheim war eines der besten seiner Art, es bemühte sich um passgenaue Vermittlung, jedem Tier sein idealer Mensch, ein Versprechen, das unter Menschen nur im Standesamt gegeben wird, was mein Gefährte und ich uns erspart hatten. Gleich am Eingang war eine Plakette angebracht, die das Tierheim lobte und mit drei Sternen auszeichnete. Ich versuchte, mir die Anlage wie ein Dreisternehotel vorzustellen, aber als ich an der Rezeption vorbei in den Hof trat, wo in den Zwingern unzählige Hunde balgten, die meisten von ihnen riesenhaft und schwarz, musste ich den Vergleich fallen lassen. Als sie mich sahen, steigerte sich das Jaulen zu einem ohrenbetäubenden Heulen, und die Hunde warfen sich gegen die Gitter, versuchten, die Köpfe zwischen die Stäbe zu schieben, bissen sich gegenseitig zur Seite, fingen an zu scharren und zu drängeln. Die Scheuen blieben im Hintergrund und warfen mir Blicke zu, genug, um mich ein ganzes Leben lang gesehen zu fühlen.

Sie können auch Gassigeherin werden, sagte eine Helferin in einem blauen Kittel, die unbemerkt neben mich getreten war, dann können Sie erst mal eine Beziehung aufbauen. Was für eine Rasse haben Sie sich denn in etwa vorgestellt? Wir haben hier ja vor allem Mischlinge aus Tötungsstationen, aber es gibt auch reinrassige Tiere, nur sind die oft genauso durch den Wind, verstehen Sie.

Ich bin auch durch den Wind, sagte ich scherzhaft, um zu zeigen, dass ich mich um Passgenauigkeit bemühte, aber die Helferin starrte mich fragend an. Vielleicht hatte sie mich nicht verstanden, das Heulen war wirklich ungeheuerlich. Sie winkte mich an einen Käfig, dessen Betonboden mit Kotflecken übersät war. An der Wand lag ein dürrer riesiger Hund mit blondem Fell und abstehenden Ohren. Er sah aus wie ein vergrößertes, verhungertes Reh und hob nicht den Blick.

Er hat noch Durchfall, erklärte die Helferin, das haben die Straßenhunde oft, weil ihnen die regelmäßige Fütterung nicht bekommt.

Warum füttern Sie die dann überhaupt, fragte ich und merkte sofort, dass ich falsch fragte und hier keinen finden würde, die Hunde waren zu beschäftigt damit, sich gegen die Zäune zu schleudern und nacheinander zu schnappen, und ich war es vermutlich auch. Ich spendete der Frau zehn Euro und radelte hinüber zur Kleingartenkolonie, wo in mehreren Gärten Kaninchen gezüchtet wurden.

Ich wollte dort nach einem Tier schauen, Kaninchen sind nicht gut mit Blickkontakt, aber besser als Hamster oder Meerschweinchen, die mein Gefährte verabscheute. Vor dem Rosenbogen stand ein Kleingärtner und befragte mich nach meinen Absichten.

Passt ihr etwa auf, wer hineinkommt, fragte ich.

Natürlich, sagte der Kleingärtner mit einem verschmitzten Lächeln, wissen Sie, in diesen Zeiten wollen viele einen Garten, und er hakte seine Daumen in den Latz seiner blauen Arbeitshose. Er hatte kleine feste Locken, die auf seinem Kopf saßen wie eine Haube, und einen breitbeinigen Stand, und aus den hinteren Taschen seiner Hose ragte Arbeitsgerät.

Ja, wir passen gut auf, man muss sich den Garten eben verdienen durch langes, geduldiges Warten, da kommt auch keiner eher dran, nur weil er vielleicht verwandt oder verschwägert ist mit diesem oder jenem. Ja, und man darf in den Lauben nicht wohnen, die Kolonie ist ein Naherholungsgebiet, keine Wohnsiedlung, und manche Gärten haben keinen Wasseranschluss, da muss man eben ein paar Gießkannen zur Hand haben. Und wenn es nicht gepflegt ist, wird einmal gemahnt, zweimal gemahnt, die Mahnung ans Törchen gehängt, damit sie auch niemand übersieht, beim dritten Mal ist Schicht. Ja, anders geht es nicht, man muss eben dranbleiben, das ist das Geheimnis des Gärtnerns, die Regelmäßigkeit und Verlässlichkeit, dann kriegt man es gedankt, dann wachsen einem die Trauben in den Mund, und das kann in Zeiten der Not sehr nützlich sein. Natürlich kann man mal da sitzen unter dem Kirschbaum und ein bisschen sich die Sonne auf die Arme scheinen lassen, das ist nicht verboten, im Gegenteil, wenn um einen herum alles schön blüht und gedeiht und die Arme müde sind und der Rücken sich meldet, dann kann man mal die Seele baumeln lassen und zu den Nachbarn rüberwinken, denn es geht ja um Geselligkeit, natürlich, darum gibt es ja überhaupt den Verein, sonst könnte ja auch jeder allein vor sich hin jäten. Er lächelte mich an, als wäre die Vereinsmeierei das Glück seines Lebens, und vielleicht war es auch so, sicher besser als die Liebe zu einem Gefährten, der einfach davonzieht. Ein Verein kann nicht umziehen und ein Garten auch nicht.

Ich weiß nicht, wie sich das die Leute vorstellen, die kommen in die Gärten marschiert, keine Ahnung von nichts, schob der Kleingärtner hinterher. Riechen an unseren Rosen, stehen an den Zäunen und starren uns an, als wären wir im Freilichtmuseum.

Nun lächelte er nicht mehr. Seine Breitbeinigkeit bekam etwas Wehrhaftes, und mir war sofort klar, dass ich zu den Leuten gehörte, die in die Gärten marschierten und nicht hineindurften.

Ich interessiere mich für Kaninchen, sagte ich schnell, ich möchte eine Zucht eröffnen, und besonders der Rote Neuseeländer hat es mir sehr angetan.

Er musterte mich, es war eine Prüfung, und ich schaute zu Boden, bis er das Urteil gefällt hatte. Schließlich beugte er sich vor und sprach mir fast ins Ohr, ich habe welche, eine gute Zucht. Kommen Sie. Und er winkte mich durch den Rosenbogen, hinein in das triefende Grün der Kleingärten, das wilder aussah, als ich erwartet hätte. Meinem Gefährten hätte es gefallen, er hatte eine Leidenschaft für ungezügelte Pflanzen, er gab ihnen Namen und redete so lange auf seine Stecklinge ein, bis sie anschwollen und in die Höhe drängten, und so sah es auch hier aus. In mehreren Gärten entdeckte ich Kleingärtner in blauen Latzhosen, die sich über ihre Pflanzen beugten und auf sie einredeten. Wir müssen hier lang, murmelte mein Kleingärtner und ging zügig voran, 152 b. Nun sah ich, dass seine Locken nur den vorderen Teil des Kopfes bedeckten, hinten war er kahl. 152 b war leer, soweit ein Garten das sein kann, präzise geschnittene Hecken, Bohnen an ordentlichen Rankstangen und weiter hinten die Kaninchenställe mit den Roten Neuseeländern. Er stellte sich direkt vor einen der Ställe und hielt seine Hand ans Gitter. Aus der Tiefe des Stalles drängten große rötliche Kaninchen mit Schlappohren, die um ihre Gesichter hingen wie vergessene Schuhlöffel. Sie pressten ihre zuckenden Nasen an den Maschendraht. Der

Kleingärtner nickte zufrieden und drehte sich dann nicht ohne Triumph zu mir um.

Sehr gelungene Exemplare, sagte er, soll ich eins rausholen.

Nein nein, erwiderte ich rasch und trat näher, ich kann sie auch so gut sehen. Und wirklich sah ich plötzlich alles überscharf, das Fell dunkelrot und in den Spitzen heller, die Ohren von Adern durchzogen, die Augen leicht hervorquellend und feucht, diese Kaninchen waren prächtig, und sie schauten niemanden an, und mich schon gar nicht. Sobald ich das merkte, wollte ich gehen, aber der Kleingärtner war wie junge Eltern kaum von der Stelle zu bewegen, er stand da und sah den Kaninchen zu, wie sie sich hin und her warfen, rasch die Köpfe wendeten und ihre kleinen Unterkiefer in ständiger Bewegung hielten.

Sie haben es gut bei mir, sagte er, ohne mich anzuschauen, und ich habe ihnen Namen aus dem Alten Testament gegeben, verstehen Sie, das passt zu ihnen.

Ich starrte die Kaninchen an, die vielleicht Herodes hießen oder Abraham, Hiob oder Joseph, wahrscheinlich wurden sie geschlachtet, wenn der Kleingärtner Appetit bekam, und ich legte dem Kleingärtner eine Hand auf den Arm, um mich zu verabschieden, aber er merkte das gar nicht. Er stand da, den Kopf leicht zur Seite geneigt, die Daumen in die Arbeitshose eingehakt, und schaute versonnen in die Ställe, wo sich die großen dunkelroten Tiere aneinanderdrängten.

Auf dem Rückweg gab ich acht, nicht an den Rosen zu riechen oder über Zäune zu starren, dabei war es Juni, und überall wucherten goldgelbe und dunkelrote Rosen, die Kleingärtner banden sie hoch und klaubten ihnen die Läuse von den Blättern und verteilten Kaffeesatz an ihren Wurzeln, damit auch alles gut ging.

So schlecht ist die Geschichte nicht, CHARLEY, die alttestamentarischen Namen gefallen mir. Du darfst dies und jenes beanstanden (aber nicht zu viel), du würdest sie behutsam lektorieren, Notizen mit Bleistift an den Rand setzen, als Leser bist du geduldig und ehrlich, Lesen und Reden ist eins (wenn du sie liest, bitte mit Korrekturzeichen an mich zurück).

22. Januar

> REDSELIGKEIT. [...] Zeitweilig wird, durch eine winzige Verletzung, in meinem Kopf ein wahres Sprachfieber ausgelöst, findet ein ganzer Aufmarsch von Gründen, Interpretationen, Ansprachen statt.
>
> *RB*

Was ich meine, CHARLEY, und gar nicht genug betonen kann, CHARLEY, ist, dass mein Leben nicht brachgelegen hat. Ich habe eine Tochter, CHARLEY (Tusch!), das ist mehr, als ich jemals gehofft habe, nur bist du nicht der Vater. Es ging eben weiter nach dem Abschied am Bahnhof.

Aufräumen, das Strandgut wegräumen (nicht wegwerfen), arbeiten, *get over it,* mit Männern in Ecken stehen, nicht mit CHARLEY herumliegen, Fundstücke gleich wegschmeißen. Arbeiten. Fast anrufen. Freundinnen treffen, die gibt es auch, ich vergesse sie zu oft, ich habe sie noch gar nicht erwähnt. Sie vermissten CHARLEY, CHARLEY mit seinem Haushalt und den schmalen Ohren unter den langen Haaren, die er allen lieh, auch ihnen.

Und der hat dich stehen lassen? Und was sagt er dazu? Nichts?

Sie ermunterten mich zur Wut, zum Aufräumen und

Umräumen, sie schickten mich nach Irland und ins Programmkino, sie kannten Männer, die ich kennen sollte.

Ich solle ruhig auch traurig sein. Und ich müsse nichts weiter erklären. Aber schade sei es ja doch, dass der CHARLEY einfach auf und davon sei, er sei eigentlich nicht so einer, oder? Er komme vielleicht sogar zurück. Das sei vielleicht das letzte Aufbäumen vor der Entscheidung. Mit dem Entscheiden sei es ja wohl so eine Sache bei CHARLEY.

Ich fing sofort an, dich zu verteidigen. Ja, und das sei ja gerade gewollt, wir hätten beide nicht an Ja oder Nein geglaubt, und er habe noch etwas weniger daran geglaubt, und es sei uns nicht gemäß, uns festzuhalten und in ein Ja zu zwingen.

Aber dass ich jetzt allein sei, das sei uns gemäß, oder wie? Ob das nicht doch sehr kindlich sei, ein Leben ohne Festlegung, jeden Tag ein Feuerwerk? Auf die Dauer gebe das einen großen Haufen Asche.

Asche auf mein Haupt. Männer mit nach Hause, mit Männern in Zelten, bei Tagungen, auf Dachböden und in Hängematten, irgendwann die Tochter im Bauch und der Gedanke: diese Trommel von Bauch, die würde CHARLEY gefallen, diese straff gezurrte Haut, darunter die Wölbungen des Kindes, und es würde mir gefallen, wenn sie ihm gefallen würde, aber er wird sie nicht sehen und die Tochter nicht sehen, die ja auch nicht ihm gehört, sie gehört niemandem, und so habe ich mir das nicht vorgestellt.

Einen Namen für die Tochter suchen (wie ungeheuerlich, einen Namen für jemanden wählen, der ihr dann ein Leben lang Korsett, Krücke oder Flügel sein wird), sie nachts herumtragen, sie in den Armen halten, ihre Lippen an der Brust, die Angst, sie im Schlaf zu ersticken. Die dumpfe Müdigkeit der ersten Jahre, der Schreck, als sie mir aus den Händen rutscht und auf den Fliesenboden fällt, der Schreck, als sie ein Karottenstück verschluckt und nicht mehr aufhört zu husten. Die maßlose Freude, als sie zum ersten Mal drei Schritte auf mich zutorkelt, ein Wort sagt, ein Gesicht malt (ein winziges zittriges Oval in einem Gewitter von dunkelblauem und braunem Kritzelkratzel). Ratlos über den Matheaufgaben. Liebe Freundinnen (ich hätte euch schon vorher erwähnen sollen, das tut mir leid, immer kommt ihr zu kurz), was mache ich, wenn: das Kind nicht rechnen lernt, Skoliose hat, sich den Arm bricht, was mache ich, wenn mir am Schreibtisch kalt wird vor Müdigkeit, wie mache ich das, jeden Tag drei Mahlzeiten, jeden Tag umarmen erklären vorlesen streiten Matsch von den Schuhen klopfen Haare aus der Bürste zupfen Betten beziehen Betten abziehen Zahnpasta aus dem Waschbecken wischen Butterbrote schmieren. Die Freundinnen machen es auch, oder sie machen es nicht und schämen sich, oder sie wünschen sich, sie könnten es machen. Irgendwann vergisst du die Fragen, CHARLEY, irgendwann machst du es schon so lange, dass es anders nicht sein kann, und du wunderst dich über die, die es nicht tun. Einen Roman über Zimmi schreiben wollen und wissen: es gibt keine Leser und schon gar nicht den, für den ich dies schreibe.

Einmal war sie über die Maßen krank, sie lag schwer und glühend auf dem Sofa und schaute um sich, als wäre sie fremd auf der Welt. Ich hüllte sie in Decken, die sie wegstrampelte, und brachte Wasser, das sie mir aus der Hand schlug, ich saß neben ihr, zerrieb Aspirin und löffelte es ihr in den Mund, zwischendurch telefonierte ich mit dem Arzt, es war mir nicht geheuer, das heiße Kind, blass und schweigend, mit diesem herumirrenden Blick, ich wollte sie schütteln und zum Schwitzen bringen, damit sie wieder in Gang kam. Nachts trug ich sie ins Bett und legte mich neben sie. Sie nickte ein, aber irgendwann saß sie aufrecht im Bett und starrte mich an. Leg dich hin, Liebes, murmelte ich, du musst schlafen, ich bin bei dir, komm, leg dich einfach wieder hin. Du sollst mich nicht anfassen, sagte sie mit klarer Stimme, so als wäre ihr endlich klar geworden, dass sie nicht zu mir gehörte, dass ich kein Recht auf ihre Nähe hatte und dass wir von nun an getrennt leben würden. Nicht mich anfassen, wiederholte sie und stand auf. Ich geriet in Angst, dass sie gegen etwas laufen oder hinfallen könnte, sie musste ja hohes Fieber haben und war noch sehr klein. Aber sie ging nur hin und her wie jemand, der nachdenken musste, und ich schaute ihr eine Weile zu. Manchmal blieb sie stehen und blickte zu mir herüber, als müsse sie sich vergewissern, dass noch jemand im Raum sei. Ich sprach mit ihr, aber sie schien mich nicht zu hören. Irgendwann kam sie ins Bett, legte sich wortlos neben mich, drehte sich von mir weg und schlief ein.

Zimmi und ich am späten Sonntagmorgen, sie zwirbelt ihre Haare um einen Finger, trinkt starken Kaffee und lernt Vokabeln, ich arbeite mich durch die Zeitung, keiner sagt etwas, es ist warm und still. Wir sind ein kleines Rudel, niemand fehlt uns, schreibe ich an CHARLEY, zwei befreundete Weibchen. Ich habe ihr von dir erzählt, als sie klein war: dass du mit Eichhörnchen sprechen kannst, dass du Brennnesseln so anfassen kannst, dass es nicht wehtut, dass du Blaubeeren zerquetscht und daraus Farbe gemacht hast, um damit Bilder zu malen. Das hat Zimmi gefallen; sie hat es dann mit Himbeeren ausprobiert und statt Blättern die weiße Kühlschranktür gewählt. Eine Zeit lang hat sie gefragt, ob CHARLEY mal kommen kann und sie zu den Eichhörnchen mitnehmen und ihr das mit den Brennnesseln beibringen.

Das können wir auch allein, habe ich ihr gesagt und bin mit ihr hinausgegangen in den Stadtpark, wo es keine Eichhörnchen gab, wo aber in den hinteren Ecken, dort wo niemand Fußball spielte und keine Bänke standen, ein paar wilde Büsche herumrankten, staubige Brombeeren, darunter Brennnesseln. Ich zeigte ihr, wie man die Blätter mit festem Druck anfasst (einfach fest zupacken, dann brennt es nicht).

Dann fing es an zu regnen, aber Zimmi wollte auf dem Spielplatz bleiben. Es gab dort einen riesigen Sandkasten, eine Landschaft aus Sand, eine Wüste in klein, sie ging nie daran vorbei, ohne ein paar Löcher zu graben. Der Regen wurde heftiger, es roch wie am Meer, nach Salz und Algen, ich mochte das Wetter und hätte sie graben lassen in ihrer verregneten Wüste, aber sie nieste schon und trug keinen Schal. Ich fand in meiner Manteltasche eine Tüte und schaufelte mit beiden Händen Sand hinein. Den, sagte ich zu ihr, nehmen wir jetzt mit, den kippe ich dir in der Küche aus, dann kannst du zu Hause buddeln. Sie starrte auf die pralle Tüte, erst dachte ich, sie fange an zu heulen, ihre Lippe zitterte schon, aber dann musste sie lachen. Haben wir dann einen Sandkasten in der Wohnung? Genau. Später hockten wir in der Küche auf den Fliesen und klopften eine Sandburg, ich goss Mineralwasser in den Burgbrunnen, damit es schäumte, und wir steckten Zahnstocher in die Burgmauern, gegen die Feinde.

Was hätten wir mit einem Kind gemacht? Hätten wir es in unsere Begeisterung hineingeboren? Wie hätten wir uns das Leben wild halten können? Oder hätten wir das Schlittschuhlaufen aufgegeben, das Kräutersammeln, das Blaubeermalen und Gartenlieben? Hätten wir dem Kind Schaukeln aufgestellt und Wasserfarben besorgt? Ein Familienzelt, ein Auto mit großem Kofferraum, eine kleine Schaufel und eine Kinderdruckerei und eine Dunkelkammer. Ein Kinderwagen mit Vollgummireifen, mit dem man laufen gehen kann, Fitness und Fürsorge in einem. Später hätte sie ein eigenes Beet bekommen und Kresse gesät, im Herbst Tulpenzwiebeln gesteckt. In ihren roten Gummistiefeln, mit dem gepunkteten Halstuch wäre sie deine kleine Gärtnerin geworden (ich nur noch Nebengärtnerin: ein Abstieg). Eltern sind Käufer.

23. Januar

Deinen Namen, CHARLEY, den hast du dir ausgedacht, und ich dachte zuerst, für mich. Aber viele nannten dich so. Es gehörte zu deinem ernsten Spiel, das unseres wurde, alles abzulegen, was dich von der Begeisterung abhielt. Karl: ein ernster Name, ein wenig streng, ein Name von früher (der stille Junge mit den sorgfältig geknöpften Hemden und den wenigen Freunden), wie er heute wieder gern gewählt wird. Karl: wer soll denn das sein? CHARLEY dagegen: so viele Charleys sind unterwegs, jeder kann sich einen aussuchen! Charley Brown Parker Steinbeck Hebdo Charley Charlie Charly, für jeden Tag einen anderen Charley, mein Charley, dein Charley!

Versuch über CHARLEY II
Inzwischen heißt er nicht mehr CHARLEY, sondern wieder Karl, so wie seine Mutter ihn genannt hat, ein altmodischer Name, der ihm genau deswegen gefällt, obwohl er ihn als Kind nicht mochte. Damals fanden die anderen viele Gründe, ihn am Nachmittag einfach stehen zu lassen, obwohl sie doch zusammen Kaulquappen holen oder im See schwimmen wollten, und sein Name war einer dieser Gründe. Dass er allein hinter dem alten Lokschuppen stand, ihrem Treffpunkt, bis sie ihn heimlich verlegten, war zuerst ein Kummer, dann eine Tatsa-

che. Er lernte in dieser Zeit, sich die wärmende Nähe der anderen abzugewöhnen, und dabei ist es geblieben. Er hat später eine Gefährtin gefunden, die ihn nicht mehr stehen lässt, die im Gegenteil dringend auf ihn wartet, und jeden Abend, wenn er von der Arbeit kommt, ist er gerührt, dass Laura zu Hause ist und die Kinder in ihren Schlafanzügen herumkugeln und mit ihm Uno spielen wollen, und das geht nur, weil er wieder Karl heißt und alles ungeschehen macht, was ihm als CHARLEY widerfahren ist, der allein und widerborstig durch Irland, Spanien und Kalifornien reisen musste, nur um zu merken, dass das Meer überall gleich aussieht und die Gespräche in den Hostels immer darum kreisten, wo es am billigsten war, und als er der Älteste in der Gemeinschaftsküche wurde, brach er dieses Leben ab und wurde so schnell wie möglich Lehrer und suchte sich einen besten Freund, mit dem er Rennrad fuhr, und eine beste Freundin, mit der er Eichhörnchen beobachtete, und immer noch war er CHARLEY, aber dann kam Laura, für die er Karl hieß, und mit ihr das größte Geschenk seines Lebens: ein Rudel, das ihn in sich aufnahm und für immer an seinem Mähnenkamm knabberte.

Heute ist der Frost zurück, eisglitzernde Windschutzscheiben der parkenden Autos, auch der Asphalt glänzt wie frisch lackiert. Ich gehe langsam draußen herum und schaue den Kindern zu, die Anlauf nehmen und die Rampe am Supermarkt herunterschliddern, und ich spüre genau die Grenze zwischen meinem Gesicht und der Kälte. Manchmal ist das anders, da zerfasert mein Körper und hat Ausläufer, ein feines Geflecht von Luftwurzeln, so dass ich das Gefühl habe auszuufern, eine unangenehme Verstreuung meiner selbst. Wenn ich schreibe, schreibe ich an CHARLEY, ist diese Verstreuung mein Werkzeug, meine Einfühlungsmaschine, die ich geschmeidig halten muss, um mir überhaupt andere Menschen ausdenken zu können, so wie ich bisher geschrieben habe (das soll anders werden, ich werde damit aufhören, mir Figuren auszudenken, und erst recht damit, mich in sie einzufühlen – Figuren sind Sprache, warum soll man sich in Sprache einfühlen). Wie im Zug, wenn ich herumschaue, ohne es zu wollen, und mich sofort getroffen fühle von den Blicken und Gesten der anderen, die ihre Telefone herausholen und in Zeitschriften blättern, sie tun das, was alle tun, sie sitzen mehrere Sitzreihen von mir entfernt, aber ihre Anwesenheiten dehnen sich zu mir herüber und überschneiden sich mit meiner, immer gibt es Schnittmengen, gegen die ich mich nicht wehren kann. Überwach und aufrecht sitze ich da, im Schoß ein Buch, in den Ohren Musik, und versuche, für mich zu bleiben, aber spätestens wenn gesprochen wird, versagen meine Abwehrkräfte, überhaupt habe ich eine schwache Abwehr (ich wünsche mir eine kirschholzharte, glänzende Oberfläche).

Neulich: Ein Kind saß mit seinen Eltern an einem Vierertisch und übte, seinen Namen zu schreiben, es war vielleicht fünf. Die Eltern beobachteten es scharf und warfen sich Blicke zu. Gerade wollte das Kind das Blatt zur Seite schieben, da zog die Mutter es zu sich heran und klopfte auf die Buchstaben. Was soll das sein, sagte sie leise, aber ich hörte es genau, soll das dein Name sein. Das Kind nickte und schwankte einen Augenblick lang zwischen Stolz und Angst. Wie alt bist du, fragte die Mutter leise. Fünf, sagte das Kind. Und mit fünf Jahren schreibst du wie ein Baby? Ich hab doch meinen Namen geschrieben, sagte das Kind leise. Und was steht da, fragte die Mutter nun lauter und schwenkte das Blatt durch die Luft. Dann hielt sie es dem Vater vor die Nase, der laut und mit absichtlich falscher Betonung den falschen Namen las. Glaubst du, dass unser Junge dumm ist, fragte sie den Vater. Der Vater schaute zweifelnd auf das Kind, als müsste er nachdenken. Das Kind sank in sich zusammen und fing an, mit den Wachsstiften auf den Tisch zu kritzeln. Wenn man mit fünf nicht weiß, wie man heißt, dann ist man schon ziemlich dumm, überlegte der Vater. Ich drehte verzweifelt an meiner Musik, um diese Show, die auf Publikum angewiesen war, nicht weiter anhören zu müssen. Das Zögern der Zuschauer, und das ist aus mir geworden: eine zögerliche Zuschauerin, die nicht aufspringt, obwohl sie genau das hätte tun sollen, die sich herausredet auf die Sorgfalt des Beobachtens, aber doch nur, weil ich nicht anders kann, verstehst du (das sagen alle).

Du kennst es, CHARLEY, du bist wie ich, in alles hineingeschmolzen und deswegen nie ganz bei dir und nie ganz bei mir.

Und nun muss ich dir doch einmal schreiben, was mir zugestoßen ist. Oder sollte ich sagen: was aus mir geworden ist.

Kurz nach unserem Abschied war ich so aufgelöst, dass ich, ohne zu zögern, eine Einladung annahm. Eine Karin, die ich kaum kannte, wollte in ihrer großzügigen Herberge auf einer Nordseeinsel Gesellschaft haben. Früher hatte ich mit ihr mal einen Abend lang wunderbar gestritten, sie fuchtelte mit den Armen und trank viel guten Wein, sie hatte einen weißen struppigen Hund, und sie kannte alle meine Bücher. Ich wusste, dass sie auch schrieb, und dachte, wir könnten nebeneinanderher arbeiten (wie du und ich) und zwischendurch mit den Rädern (wie du und ich) über die Insel fahren. Ich wollte den Abschied am Bahnsteig wegschreiben und mit Meerwasser auswaschen. Sie holte mich vom Schiff ab, reichte mir kaum die Hand und warf mir auf dem Weg zum Ferienhaus Blicke zu, die ich nicht verstand. Der Hund war nirgends zu sehen, und in der Küche war nichts vorbereitet, obwohl ich von der Reise großen Hunger hatte. Hast du einen Wein mitgebracht, fragte sie. Überrascht wühlte ich in meiner Reisetasche, ja, hatte ich, aber ich hätte ihn lieber erst später herausgeholt und ihn ihr feierlich überreicht; nun war es so, als hätte ich Milch eingekauft und vergessen, in den Kühlschrank zu stellen. Du bist es nicht gewöhnt, etwas zum Haushalt beizusteuern, stellte sie fest. Ich lachte und wiegelte ab, ich war ja gerade erst angekommen, sie meinte es sicher nicht ernst, und ich würde schon noch zeigen, dass ich meinen Beitrag leisten könnte. Wir tranken den Wein, ich gab mir Mühe, unterhaltsam und klug zu sein, weil ich mich von ihr beobachtet fühlte, wie bei einem Vorstellungsgespräch, aber es war ja der erste Abend, wir würden uns schon aneinander gewöhnen (wie du und ich).

Am nächsten Morgen wachte ich spät auf, aber ihre Zimmertür war fest geschlossen, sie schlief wohl länger, ich ging leise hin und her, um Kaffee zu machen, und setzte mich mit meinem Computer an den Küchentisch. Draußen regnete es, mein Blick ging auf den Parkplatz der Ferienanlage und angrenzende Felder. Ich trank meinen Kaffee, schrieb ein paar Zeilen und wartete auf Karin. Gegen Mittag kam sie aus ihrem Zimmer, fuhr sich durch die Haare und goss sich wortlos einen Kaffee ein. Gleich verzog sie das Gesicht und spuckte ins Spülbecken. Was ist das für eine Plörre, sagte sie leise, hast du nicht gelernt, vernünftigen Kaffee zu kochen. Wie alt bist du eigentlich? Ich starrte sie an, mir fiel keine Antwort ein, aber ich spürte, wie mir auf einmal die Tränen eines kleinen, heimwehkranken Mädchens in die Augen stiegen. Heftig wünschte ich mir dich herbei, meinen verlorenen Gefährten, und meine Mutter, die für mich kämpfen würde. Karin bemerkte es sofort. Oh, jetzt muss sie weinen, spottete sie, damit kommt sie nicht zurecht, dass sie nicht geliebt wird, das hat sie nicht gelernt. Dich hat man in Watte eingepackt, meine Liebe, hat dir das schon einmal jemand gesagt. Ich saß auf meinem Stuhl, etwas geduckt und tief beschämt und auf einmal dreißig Jahre jünger. Ich war nicht frei zu gehen; ich hörte ihr zu, wie sie mich beschrieb, meine Abhängigkeit, meine Hilflosigkeit, meine prinzessinnenhafte Schüchternheit, und mit jedem ihrer Worte wurde ich mehr zu dem, was sie in mir sah. Es war beinahe so, als sagte sie mir eine Wahrheit, die ich lange schon wusste, und ich musste ihr zuhören, mit gesenktem Kopf, wie es sich gehörte. Und alles, was ich tat, floss sofort ein in ihren Angriff. Ja, runter mit dem Köpfchen, rief sie, du hoffst, dass es gleich vorbei ist, nur nicht wehren, das könnte Ärger geben, nicht wahr. So ist in Deutschland Hitler groß geworden, ist dir das klar?

Heftig stellte ich den Becher auf den Tisch, schüttelte

mich und lief aus dem Haus. Ich ging rasch über den Parkplatz auf die Felder zu, der Wind fuhr um mich herum, und einen Moment lang war ich wieder bei Sinnen. Da hörte ich hinter mir Schritte.

Warte, rief Karin, warte auf mich, hör mal, ich weiß nicht, was mit mir los war, lass uns noch einmal anfangen, ich freue mich doch, dass du da bist. Davon habe ich noch nichts gemerkt, sagte ich misstrauisch, aber es schien ihr wirklich leidzutun, sie erzählte ein wenig von sich, wir gingen den Feldweg entlang und hatten auf dem Rückweg den salzigen Wind im Rücken.

Einen Tag lang lebten wir friedlich, brieten uns Spiegeleier, mieteten uns Räder und studierten die Landkarte. Dann begann der nächste Angriff. Wir wollten zum Strand fahren und konnten uns nicht auf die Richtung einigen. Ich schlug vor, zuerst die eine Richtung auszuprobieren. Ach, sagte sie, du weißt, wo es langgeht, stimmt's. Wir können auch andersrum fahren, lenkte ich sofort ein, es ist mir egal, Hauptsache, wir sind unterwegs. Und Streit willst du auch nicht riskieren, überlegte sie, bist du eine von denen, die niemals Farbe bekennen und es allen jederzeit recht machen wollen? Sie stützte sich auf ihren Lenker und schaute mir prüfend in die Augen. Sofort brach ich zusammen. Warum musst du mich gleich so anfahren, sagte ich weinerlich. Ich war aufgelöst. Nichts von meiner Stärke (bin ich stark?), von meiner Sturheit, meinem Witz (war ich jemals witzig?) war übrig geblieben. So schnell ging es: zwei Tage, einige wenige Sätze, ein paar Blicke, und ich kannte mich nicht mehr. Zittrig fuhr ich hinter Karin her, als hätte ich gerade erst Fahrrad fahren gelernt. Der Weg war falsch, wir verirrten uns. Im nächsten Ort, zu dem wir gar nicht gewollt hatten, blieb sie vor einer Kirche stehen. Wollen wir uns die anschauen, fragte sie. Nein, murmelte ich, oder doch, ja. Verächtlich schüttelte sie den Kopf und warf das Fahrrad ins Gras. Mit dir fahre ich nicht weiter, sagte sie. Ich geriet in Panik. Lass mich hier nicht stehen, rief ich, obwohl ich ja die Landkarte besser gelesen hatte als sie, aber ich wollte von ihr geführt werden, ich wollte bei ihr bleiben, auch wenn sie mich trat, und sie trat gleich noch einmal zu, sie ließ mich betteln, und dann klopfte sie mir auf die Schulter, ach Kind, meinst du, ich würde dich hier stehen lassen. Mir kamen vor Erleichterung die Tränen. Ich war endgültig und für immer sieben Jahre alt und ohne sie verloren. Ich folgte ihr durch das Dorf, wir setzten uns in ein Café und aßen Waffeln mit heißen Kirschen, ich schmeckte nichts, weil mein Mund so ausgetrocknet war, trank drei Gläser Wasser und schaute ihr dabei zu, wie sie sich mit dem Nachbartisch unterhielt. Sie zettelte eine lustige Debatte an und verteilte ihre Telefonnummer, damit man das Gespräch bei einem guten Wein fortsetzen könne. Dann zahlten wir, nein, ich zahlte, ich übernahm die Rechnung, während sie noch allen am Nachbartisch die Hand drückte und lächelnd das Café verließ. Als ich zu den Rädern kam, war sie schon losgefahren, wartete aber an der nächsten Kreuzung missmutig auf mich: Langsam bist du auch. Zu Hause ging ich gleich ins Bett, lag steif unter der Decke und traute mich nicht, das Licht anzumachen, weil ich Angst hatte, sie könne mich dann sehen. Ich musste fliehen, ich könnte am nächsten Morgen einfach packen und in ein Hotel umziehen, oder ich könnte die nächste Fähre nehmen oder sogar heute Nacht noch davonlaufen. Morgens sprach sie mich gleich darauf an. Na, schlecht geschlafen, nickte sie, man sieht es dir an. Wahrscheinlich hast du überlegt, wie du abhauen kannst. Dir gefällt es hier nicht, stimmt's. Damit zwang sie mich zu Begeisterungsschreien. Wie schön die Insel, wie fein die Wohnung, und der Wind im Haar so gut. Auf jeden Fall bleiben bis zum bitteren Ende, und ich lachte laut, um zu zeigen, dass ich einen Scherz gemacht hatte. Sie betrachtete mich beinahe mitleidig.

Noch zwei weitere Tage hielt ich aus. Immer, wenn ich ganz am Boden war, half sie mir hoch, entschuldigte sich, pflückte Kornblumen am Wegrand und brachte sie mir und kaufte mir sogar ein gestreiftes Fischerhemd, die Inseltracht, die ich tragen könnte, um sie nicht zu vergessen. Und dann, wenn ich Hoffnung geschöpft hatte, wir könnten nun alles aufklären und zu einer Freundschaft finden, wie ich sie noch nie gehabt hatte, so ehrlich, neu und wahrhaftig, zwinkerte sie mir zu und sagte, Prinzessinnen brauchen Geschenke, immer neue schöne Sachen, die sie vom Denken abhalten. Ich kann denken, rief ich flehend, das weißt du doch, ich kann sogar schreiben, ich versuche es jedenfalls, du hast doch meine Bücher gelesen. Lesen ist übertrieben, sagte sie, ich habe hineingeschnuppert, wie man so schön sagt, und sie rümpfte die Nase, und ich versuchte sofort, ihr meine Bücher zu erklären und die Schönheit meiner Gedanken zu zeigen, und wusste doch zugleich, dass ich auf verlorenem Posten war.

Am fünften Tag wachte ich auf, legte meine Kleider sorgfältig in den Koffer, umarmte Karin, die an diesem Morgen schon früh in der Küche saß, als wollte sie mich abfangen, und bedankte mich für die schöne Zeit. Dann ging ich zu Fuß den ganzen Weg bis zur Fähre und fing erst an zu zittern, als wir längst abgelegt hatten.

Niemand glaubte mir diese Geschichte (ist es eine schlechte Geschichte?), schreibe ich an CHARLEY. Du hättest sie mir geglaubt. Du hättest verstanden: wie schnell man sich verliert und aufgibt; dass die Grenzen, die uns einfassen, nur Grashalme sind, die jeder niedertrampeln kann, der Lust dazu hat; dass wir in Höhlen sitzen und uns an dürftigen Strohfeuern wärmen, und wenn die Dunkelheit kommt, jaulen wir wie die Welpen; dass mein Kern nicht aus Kirschholz ist, sondern aus Schmierseife oder Geliermasse, aus Eiweiß oder Badewasser.

24. Januar

Seitdem habe ich versucht, meine Grenzen dichter zu machen.

Die Kälte spielt Grenzschutz und bringt mich zurück, ich weiß draußen, wo ich aufhöre, an der Nasenspitze zum Beispiel und an den Rändern der Ohren, auch nach unten hin spätestens an den Einlegesohlen. Meine Mutter: immer kühle, feste Hände, drinnen wie draußen. Zimmi: trockene Hände, immer warm, sie braucht keine Handschuhe und wirft sich im Winter nur eine Strickjacke über, sie friert einfach nicht (ein Familienporträt/Sittenbild/Gruppenbild nach Wärmegraden ordnen, die Kalten zu den Kalten, die Warmen zu den Heißblütern).

In Stuttgart über den stillen Friedhof mitten in der Stadt gegangen, zwischen Verkehrsachsen und Hotelbauten ein Garten der Toten. Auf den Bänken sitzen erschöpfte Leute, Zeitungen unter sich ausgebreitet, um die Kälte von unten abzuhalten, rauchen und schauen an den Baumstämmen entlang, hoch in die leeren Zweige. Die Treppen hinauf an den Hang. Warum ist Treppenlaufen so unfassbar anstrengend? Ich wuchte meinen Körper Stufe um Stufe höher, der wachsende Überblick keine Erleichterung. Ich frage mich, CHARLEY, ob es Positionen im Raum gibt, die Gemütszustände verstärken oder mildern. Ich meine damit

Höhe oder Tiefe, Erhobensein oder Gefallensein, Liegen oder Stehen, Bewegung oder Stillstand.

Mein Freund Hakim, der Geiger, probiert Positionen aus. Er geht langsam durch den Raum, spielt einen Ton, dann geht er in die Hocke und spielt den gleichen Ton, der sich nun völlig verändert hat, er hört zu und spielt zugleich weiter, Töne, immer andere, als ich erwarten würde, er ist sein eigener Zuhörer, und der Raum ist sein Zuhörer, und die Töne hören sich selbst zu, und jede Bewegung seines Körpers verändert alles. Er weiß, wie das Sitzen, Gehen und Tanzen sich mit der Geige und seinen Bewegungen verbinden, und zugleich verlässt er sich auf nichts. Er nennt diese Arbeit eine Forschung und kommt zu Befunden, die nur für den einen Augenblick in diesem Raum entstehen und sich schon wieder aufgelöst haben, bevor sie geltend werden können.

Wie wären diese Briefe, wenn sie im Laufen geschrieben würden, beim Tanzen, auf dem Boden kauernd (oder würden sie gar nicht geschrieben?). Schriebe ich sie, wenn sie sich gleich wieder auflösten? Ein Luxus, dass ich meinen Körper hin und her bewegen kann, wie ich will. Niemand zwingt diesen Körper. Meine Beine tragen mich, meine Hände können Türen öffnen, mein Rücken ist biegsam.

Als wir uns kannten, war ich satt und rund, ein schöner fragloser Zustand, ich redete viel und schrieb wenig, es gab zu viel anderes zu tun.

25. Januar

> BERÜHRUNGEN. Die Figur bezieht sich auf jeden inneren Diskurs, der durch den flüchtigen Kontakt mit dem Körper (genauer: mit der Haut) des begehrten Wesens angeregt wird.
>
> *RB*

Gut, ich verliere schon an Geschmeidigkeit, schreibe ich an CHARLEY. Wenn du mich jetzt umarmen würdest, was würdest du spüren? Ich bin noch so fest wie früher, aber starrer. Früher: mein Körper hat sich in die Welt geschmiegt und auf gnädige Aufnahme gehofft. Ich sollte aufhören, über ihn zu schreiben, als hätte er nichts mit mir zu tun, denn es ist der Körper, in dem ich wohne, ich schaue aus ihm heraus auf dich.

Ab wann ist ein Körper zu alt für einen anderen?

Wenn Körper zusammen altern, schreibe ich an CHARLEY, ist es wie bei allen längeren Verläufen: Gewöhnung und Hinnahme, nur gelegentlich tritt einer zurück und staunt über die Flecken auf den Oberschenkeln, die Rillen im Hintern, das Geflecht weißer Dehnstreifen überall, wie sich die Haut am Oberarm kräuselt und über den Ellbogen hinauslappt (wie bei jungen Hunden, die in ihr Fell erst hineinwachsen müssen, es liegt über ihrem Körper wie ein zu großer Mantel, und nach und nach runden sie sich, strecken sich, bis es irgendwann ganz genau passt), nichts passt mehr richtig: wie die Zehen sich krümmen und die Füße mit latschigen Ausbuchtungen in eine größere Schuhgröße hineinwuchern, das Gesicht, habe ich ja schon geschrieben, bulldoggenähnlich, Lider sinken schwer auf die Augäpfel, Falten springen auf, manchmal täglich, und eine Atemlosigkeit liegt über dem Ganzen: wer weiß, was schon morgen wieder einbricht, abbröckelt und zusammenfällt. Aber im gnädigen Blick der Gewohnheit ist es eben nichts Besonderes, die großzügige Nähe alter Körper: auch kantig gewordene Schultern können sich aneinanderlehnen, dürre Finger können sich verschränken und farblos gewordene Lippen können küssen, Spucke gibt es auch in alten Mündern. Aber allein, schreibe ich an CHARLEY, tritt eine Art ausgelagerter Ekel ein. Wie soll ein fremder Blick über diesen Körper streifen, was würde er sehen? Dunkelheit wäre vonnöten. Mit dem Zudecken jeden Abend schließe ich auch die Schatulle der Möglichkeiten, schreibe ich an CHARLEY, mein Körper muss die Nacht mit mir verbringen, mit mir allein.

Mit wem verbringt dein Körper die Nächte, die Tage, wer wohnt in ihm und mit wem wohnt er, frage ich mich. Zur Verfügung stehende unerträgliche Bilder: die Frau, zu der du damals gefahren bist, steht hinter dir, ihre Hände auf deinen Schultern, sie läuft dir entgegen durch den Garten und hält etwas hoch, das sie dir zeigen will (was ist es? ein Farn? ein Stein?), sie fährt neben dir, nicht schneller und nicht langsamer als du, sie lehnt in der Straßenbahn an dir, sie hält dich im Arm, sie streicht dir die Haare aus der

Stirn, hast du überhaupt noch welche, und ist es noch die gleiche Hand, die gleiche Frau, und streicht sie noch oder schlägt, kratzt, stößt sie, oder winkt sie ab, oder ist es die Hand deines Kindes, falls du eins hast (ich könnte herumfragen, ich wüsste schon Leute, die noch etwas von dir wissen könnten), oder fasst du sie nicht mehr an, die Frau, oder die nächste Frau, oder wen auch immer und so weiter, und warum wolltest du nicht und so weiter.

Versuch über CHARLEY 12

Er will ein Kind, und die Frau, die es kriegt, wird er niemals verlassen. Er will es nicht so sehr um des Kindes willen, sondern weil er Vater sein möchte. Er möchte Drachen basteln und steigen lassen, Fieber messen, sein Kind auf die Schultern heben, die Finger des Kindes auf seiner Kopfhaut, er will joggen gehen und das Kind auf dem Rädchen nebenher schlingern sehen, er will schlecht gelaunt Zeitung lesen, während das Kind Marmelade auf die Tischplatte reibt, er will schimpfen und trösten, Dinge reparieren vor allem, er stellt es sich einfach vor, Vater zu sein, und genauso ist es. Es ist anstrengend, er ist ständig müde, sein Rücken macht nicht mit, und so viel Ungeduld hat er auch nicht in sich vermutet. Aber was die Fürsorge, die Geradlinigkeit und die Klarheit der Gefühle angeht, ist es genauso, wie er erwartet hat, und dafür liebt er vor allem das Kind, er liebt es über alle Maßen und muss sich verbieten, das Kind ständig zu küssen vor lauter Liebe, aber fast genauso liebt er dafür seine Frau, die er hastig ausgewählt hat, sie haben sich wenig Zeit gelassen, sind ineinandergerannt, beide noch die alten Geschichten im Nacken, ein paar Tage im Bett, einige Skitouren, eine gemeinsame Afrikareise, und schon waren sie ein festes Paar mit Kinderwunsch, und da die Zinsen einmalig niedrig waren, sogar mit Reihenhaus, in das hinein auch bald das Kind geboren wurde, und in dieser Vorhersehbarkeit liegt nichts Beschämendes, es ist keine Schande, Pläne zu schmieden, und ein Glück, wenn sie sich erfüllen. All die Lebenskünstler, seine Freunde und Frauen von früher stöbern immer noch in ihren Wünschen herum, sie wohnen in ausgebauten Lastwagen oder auf Bauernhöfen mit Hunden und, ja, wohl auch Kindern, der Unterschied liegt vor allem darin, dass sie mehr Sex haben als er, aber dafür weniger Liebe, da ist er sich sicher, und dass sie mit ihm nicht mehr sprechen, aber umgekehrt er noch mit ihnen, das ist auch ein Unterschied, er lehnt nichts ab, er hat nur einen Schritt gemacht, um ein guter Vater sein zu können. Laura assistiert ihm, indem sie als Mutter alles tut, was er als Vater nicht kann, sie stillt das Kind, sie bürstet es, sie holt ihm die Nissen aus dem wirren Haarschopf, sie ist auch bereit, ein neues Kind zu kriegen, sie werfen sich Blicke zu, wenn das Kind lacht, sich zur Musik um sich selbst dreht oder einen schrägen Fetzen ausschneidet, und feiern miteinander dieses Kind. Und wenn andere Frauen ihm ins Auge fallen, schaut er einfach an ihnen vorbei, ohne dass sie es merken, er lässt seinen Blick verschwimmen, bis sie unscharf werden und zu dem werden, was sie sind: nicht seine Frau.

Merkst du, wie ich, das ist mein erzählerischer Ehrgeiz, immer wieder versuche, passende Schlüsse zu finden? Das ist eben der Hang zur Anekdote, der jedem Erzählen innewohnt, oder mehr als ein Hang, ein Drang, fast wie ein Harndrang, nach einer Weile muss eben endlich wieder etwas erzählt werden, meine ich, vermutlich grundlos, und vermutlich, weil ich immer noch in irgendein Ohr hinein erzähle. Vor allem bei den unfertigen Szenen setze ich alles daran, einen Schlussstrich zu ziehen, nicht unbedingt ein Ende, sondern eine Abrundung (eine Wendung, ein Bild, eine Pointe oder eine feine Formulierung). So ist es eben mit Briefen, sie reißen nicht einfach ab, man hört nicht einfach auf, immer gibt es einen Abschluss, einen Gruß, etwas wie ein Winken, ein Nicken, einen Schulterschlag.

Kinder kennen sich mit Abschieden nicht aus. Zimmi war lange sehr schlecht im Verabschieden. Sie drehte sich einfach um und ging davon, hinein in die Kita, in die Schule, stieg ein in den Zug mit ihrem riesigen Rucksack, der aussah wie ein an ihrem Körper festgezurrter zweiter Leib, ihr Reiseleib, der sie versorgen würde mit dem Nötigsten, und das Unnötige ließ sie zurück, mich zum Beispiel am Bahnsteig, und das, schreibe ich an CHARLEY, ist ein Ort, den ich meiden sollte, weil dort Abschied passiert, ohne stattzufinden, und es ist eigentlich unser Friedhof. Zimmi ahnt nichts, ihre Sehnsucht reicht nicht zurück, sondern voraus und treibt sie voran, und schon als sie klein war, zappelte sie voller Erwartung: was machen wir heute, und weinte, wenn morgen nicht schnell genug kam, und wollte groß werden, so groß wie die Schulkinder, so groß wie die Mädchen mit Brüsten, so groß wie ich: hat sie nie gesagt, so groß anders als ich.

An den Abschied von Zimmi wollte ich lange und immer wieder nicht denken, sie würde ja zurückkommen, Abschied Rückkehr Abschied, die Pullis aus Peru aus dem Rucksack ziehen, Honig aus Tel Aviv und Bernstein aus

Estland, den grünen Tee aus China, sie würde alles ausbreiten, eine Sammlerin auch sie, und die Schuhe stünden im Flur, matschig an den Rändern wie immer, sie käme und ginge, ich bezöge ihr Bett frisch und stellte ihr einen blühenden Zweig ans Bett, wenn sie käme (nicht auf sie warten, wenn sie nicht käme). Aber dann trugen wir ihre Sachen in einen Kleinlaster, die Stehlampe passte nicht hinein, und die Plakate ließ sie an den Wänden, und auch die Blockflöten und die Fotoalben und Kinderbücher blieben zurück, so dass ihr Zimmer nun ein sonderbares halb nacktes Museum ist, das jederzeit für seine Bewohnerin bereitsteht, ich halte es nicht heilig und habe schon manches aussortiert, und dennoch bleibt es eine Möglichkeit, stehende Einladung, und solange es so ist, ist der Abschied nur der Auftakt zu Zimmis nächstem Besuch, ihre Gegenwart ein Ereignis geworden. Ich muss das zugeben, etwas, auf das ich warte wie auf einen Brief von dir, man kann nämlich vom Empfänger zum Sender werden, CHARLEY, ein paar Zeilen genügen (obwohl ich mich niemals begnüge), für den Anfang zumindest, so wie ein paar Stunden mit Zimmi besser sind als keine Stunden, sie reibt ihre Schuhe mit Hirschtalg ein und wäscht ihre Handtücher, sie streift durch die Wohnung, als müsse sie sich wieder mit ihr anfreunden, klimpert am Klavier und zieht Bücher aus den Regalen, ein wenig verlegen und zu groß für die Limonade, die ich ihr einschenke, und wir lachen beide über unsere Tapsigkeit, das Anbandeln und Beschnuppern, und das, obwohl wir unser Leben miteinander verbracht haben, wie, schreibe ich an CHARLEY, wäre es dann erst bei uns.

26. Januar

Sammeln. Den Gegenständen etwas zutrauen. So werden meine Zimmer voll, aber ich muss mich hüten, CHARLEY, sonst wird meine Wohnung ein Museum. Die einzigen Besucher sind Zimmi, ein paar Freunde, Freundinnen und der ein oder andere Liebhaber, gelegentlich. Die Geschichten der Sammlung müssen immer wieder erzählt werden, sonst vergesse ich mein Leben. Vor allem müssen die Instrumente gespielt werden, sonst werden sie von innen moosig, das Didgeridoo mit Spinnweben ausgekleidet, die Saiten der Geige schlaff und die Bogenhaare strähnig. Die Flöten müssten geölt werden wie die Stimmen von Menschen, die Ukulele an der Wand staubt ein, das Zink verwaist. Die Leiber der Trommeln: rissig geworden, die Felle müsste man nachspannen, das Klavier verstimmt. Man muss sie alle immer wieder anspielen, Instrumente vertragen keine Ruhe, man kann sie lagern, aber das Holz wird trocken, und auch mein Körper erinnert sich nicht mehr an die Löcher, an das Mundstück zwischen den Lippen, an die Abstände auf dem Griffbrett. Wenn wir in der Stimmung waren, CHARLEY, haben wir Katzenmusik gemacht, weißt du es noch, jeder nahm sich ein Instrument, das er eben nicht beherrschte, und wir haben kreuz und quer mit Tönen herumgeworfen, ein Klang über den anderen, Versteckspiel und Treibjagd, Achterbahn und Schleudersitz, ein großes *Medley* aus reinem Vergnügen, für niemanden erträglich außer uns: einander Publikum sein, sich applaudieren und gleich weiterspielen.

Auch alles andere will benutzt, hochgenommen, befüllt und durchgeblättert werden, die Versteinerungen aus der Schwäbischen Alb, die schottischen Single-Malt-Whiskys, Buddhastatuen mit besonderer Mimik (verschmitzte, verkniffene und bedröhnte, die abgeklärten haben wir nicht gesammelt), Bücher, all die Lieblingsbücher, mit denen man arbeiten muss, sonst verblassen sie, Eselsohren, Unterstreichungen, an den Rand kritzeln, Sätze vorlesen, und da gibt es ja nicht nur dich, CHARLEY, auch andere Menschen haben Ohren und Hirne, Geschmacksnerven und Augen im Kopf, Publikum lässt sich doch überall finden, hofft die Archivarin, denn wenn nicht, wird aus meinen Sammlungen ein ärmlicher, verrückter, zufälliger Nachlass, den niemand erben will, ein Fall für die großen blauen Säcke. Ich könnte auch die Tür offen stehen lassen und warten, bis Fremde hereinkommen, die sich umschauen und mit dem Finger durch den Staub fahren, das ein oder andere hochnehmen, eine Mundharmonika für die Kinder einstecken oder eine in Bernstein eingeschlossene Fliege. Oder den nächsten Liebhaber nur einlassen, wenn er sich einer Führung anschließt: DINGE MEINES LEBENS, oder FUNDSTÜCKE, man kann es auch auf den Körper ausweiten: meine Narben, meine Flecken, Schnitte und Schrammen, ein reicher Bestand, chronologisch geordnet.

Ich stelle mir vor, schreibe ich an CHARLEY, du kämest nach meinem Tod in die Wohnung, gingest herum, vieles dir vertraut, vollgestopfte Säcke lehnen an den Wänden, Zimmi hat schon angefangen mit dem Aussortieren. Du versuchst, in dem verbliebenen Kram mich zu finden, wie ein Archäologe untersuchst du vorsichtig die Schichten unter dem Staub, die kleinen Sachen, die herumstehen, Eiffeltürmchen Glasschalen Gedichte auf Zetteln Zeitungsausschnitte Zimmis Kinderzeichnungen, und es wäre eine Lüge, zu behaupten, dass die Dinge von mir erzählen, sie sprechen nicht und können nicht zum Sprechen gebracht werden, auch wenn viele Romane das behaupten: Kisten auf Dachböden, vergessene Briefe und Haarsträhnen, Konfirmationsuhren und Abituraufsätze, Überreste von Geschichten, aber niemand kann sie heraufbeschwören (man könnte alles erfinden). So fändest du auch meine Briefe an dich.

Nach dem Tod meiner alten Lehrerin, CHARLEY, durfte ich in ihre Wohnung, ihr Mann hatte mich eingeladen, ein paar Bücher auszusuchen. Ich war oft dort gewesen, zu Tee und Debatten, in die meine alte Lehrerin sich stürzte wie ein Labrador in den Ententeich, ihr Mann hörte ungeduldig zu, wir redeten über Bücher, Elektroautos und Schottlands Unabhängigkeit, Zimmi, die ich immer mitbringen musste, wanderte im Wohnzimmer herum, bis meine alte Lehrerin ihr Malsachen hinlegte, prächtige Pastellkreiden und farblich gestaffelte Buntstifte und dickes holzhaltiges Zeichenpapier, das Zimmi hemmungslos bekritzelte; später sortierte sie alte Schallplatten auf dem Teppich.

Und nun stand der Witwer in der Tür und hatte vergessen, dass wir uns duzten, und gleich neben der Garderobe hing ein riesiges Foto, das unfassbar junge Paar an einem südlichen Meer, halb nackt und liebestrunken, der Bilderrahmen mit einer schwarzen Schleife geschmückt. Ich wusste nicht, ob ich die Schuhe ausziehen sollte, ich hatte den Wunsch, leise zu sein, aber Socken schienen unpassend, und während ich noch unentschlossen herumstand, war ihr Mann schon in die Bibliothek vorangegangen, in der meine alte Lehrerin, die eine abenteuerliche Art hatte, Fragen zu stellen, nicht auf mich wartete. Sie hatte riesige Broschen getragen, im Winter silberne klobige Stiefel und ihr golden gefärbtes Haar bis zur Schulter auch im Alter, sie hatte jeden alles gefragt, auch wenn es ungelegen kam, und ließ sich nie abwimmeln. Sie brachte mir das Lesen bei, ich meine, das Lesen als Fragen. Sie hatte eine kräftige Stimme, die wir Schüler schon von Weitem hörten, und einen unbequemen, wimpernlosen Blick, und sie würde niemals einfach sterben, es passte nicht zu ihr, ich erwartete sie bei ihren Büchern; als ihr Mann nun schwermütig am Türrahmen lehnte und wir zusammen in die Bibliothek hineinspähten, als gäbe es diese Möglichkeit, verlor ich völlig die Fassung, ich fing an zu schluchzen wie ein Kind, und ihr Mann klopfte mir ungeschickt auf den Rücken, als hätte ich mich verschluckt (Umarmungen undenkbar). Er führte mich in das Zimmer hinein und vor die Bücherregale, aber ich konnte nicht aufhören zu weinen, auf keinen Fall wollte ich etwas in diesem Raum verändern oder wegnehmen, und wenn sie nicht gleich einträte, wäre es ein gewaltiger Betrug, diese Bücher waren nichts ohne sie. Ihr Mann zog einige Bände aus den Regalen und überreichte sie mir, schreibe ich an CHARLEY, was sollte er machen, wir mussten diesen Besuch wieder in Form und hinter uns bringen, und ich bedankte mich mühsam, ließ mich von ihm nach draußen begleiten und versprach wiederzukommen, wenn etwas Zeit verstrichen sei. Die Bücher habe ich an einer Bushaltestelle auf die Sitze gelegt, und seitdem bin ich nicht wieder hingegangen.

Seitdem, schreibe ich an CHARLEY, hat mein Vertrauen in die Dinge gelitten, ich sehe ihre Schönheit, das rissige Holz des alten Tisches, an dem ich schreibe, die winzigen Schatten meiner Tastatur, die Dinge, die ich um mich herum verteilt habe, ich kann mich aber nicht mehr gedulden, sie zu beschreiben und zu beschwören, ihnen Geschichten zu verleihen scheint mir ein hilfloses, ängstliches Unterfangen, lieber schaue ich sie nur an und gehe dann weiter.

Außerdem kann ich dir berichten, CHARLEY, dass die breiten Straßenschneisen in Frankfurt nachts leer sind wie Flugplätze, nach Mitternacht ist unendlich viel Platz in dieser Stadt, und fast wünschte ich mir Autos und Lärm, um nicht zu denken, was andere schon beschrieben haben: dass ich die Letzte bin und alle anderen aus unbekannten Gründen für immer von der Erde getilgt, vom Erdboden verschluckt und so weiter. Schon wieder eine brauchbare Szene, ich bin aber unlustig, so können Geschichten nicht entstehen. Trotzdem: für dich sammeln, in der Hoffnung, dich zu erfreuen, ich bin deine Sammlerin, Sachensucher von Beruf, und alles, was ich finde, spüle ich unter dem Wasserhahn, bis es glänzt, und schicke es dir.

27. Januar

HABENWOLLEN. In der Einsicht, daß die Komplikationen der Liebesbeziehung daher rühren, daß es sich das geliebte Wesen unaufhörlich auf die eine oder andere Weise aneignen will, faßt das Subjekt den Entschluß, fortan auf jedes ›Habenwollen‹ zu verzichten.

RB

Ich wundere mich zunehmend. Über mich. Was schreibe ich da? Die Bereitschaft zur Demut scheint mir anzuhaften, CHARLEY (nichts gelernt damals auf der Insel mit Karin?), ich meine, wie kann man sein Glück darin finden, für einen Abwesenden Nichtigkeiten zu sammeln und Listen zu machen?

Warum eigentlich sollte ich freundlich die Dinge polieren und dir ausbreiten, dir, der du mich hast stehen lassen an einem Bahnsteig, ohne weitere Angaben hast stehen lassen, warum sollte ich dir irgendetwas hinterhertragen? Soll ich dir immer schon verziehen haben? Wie der Dank an Karin für die Unterwerfung nach einer bitteren Woche? Gefällt es mir, zu danken, Krumen aufzusammeln und Klage zu führen? Auch der Hund, den ich mir so sehr wünsche (vielleicht noch mehr als dich), käme immer wieder zurück, selbst wenn ihn Fußtritte und Schläge erwarteten, so sind sie. Immer wieder bringen sie etwas, ein Fundstück, eine Beute, und legen sie dem Herrn zu Füßen. Und das bei einem Herrn wie dir, CHARLEY, dem jeder herrische Ton fernliegt. Es wäre das Letzte, was du dir wünschst. Umso anhänglicher bin ich (anscheinend). Selbstbild mit Schwanzwedeln.

Wie kann ich mich von dir weg- statt zu dir hinschreiben, das muss die Frage sein. Das wirst du nicht gern hören. Wobei: du wirst es gar nicht hören. Also kann es mir egal sein.

28. Januar

Etwas anderes wäre es, wenn du tot wärest. Einem Toten darf man dies und das auf den Altar legen. Vielleicht sollte ich es so sehen: eine Messe für CHARLEY.

Neulich im Museum Louise Bourgeois' Zellen gesehen: Verschläge, Kabinen, Käfige, Container, Fässer, Türme, Boxen, Zimmer aus Holz oder aus Stahl, aus Maschendraht und alten Türen, abgeriegelte Räume eben, man durfte hineinschauen wie in ein verbotenes Reich. Rostige Betten stehen darin, abgetrennte Gliedmaßen, geflickte Stoffbahnen wehen von den Wänden: alles ist versehrt und manchmal notdürftig geflickt. Auf Kommoden und Nachttischen liegen Nadeln, Nägel, Schrott, an einem Kleiderbügel ein schwarzer Mantel, in einem leeren Raum ein Schemel, kleine Tiere aus Blech warten auf Erlösung: alles in diesen Räumen wartet auf Erlösung, auch die Spinnen, die in den Ecken sitzen, und die Treppen, die ins Nichts führen, was für ein Kitsch, könntest du sagen, aber ich sage dir: so wie ich Friederike Mayröcker liebe, liebe ich Louise Bourgeois (vielleicht gehören sie zusammen), mehr als dich jemals, ich muss es so sagen, genau mit diesem Wort sagen, das ich dir nie habe sagen können (weil ich wusste, dass es dich vertreiben würde), blindlings und ohne Vorbehalte (ich kenne sie ja nicht), ich kann mich nicht von ihnen trennen (ich bin eifersüchtig, weil ich nicht zu ihnen gehören kann). Ich ging durch die Ausstellung, durch die Sorgenfelder und Rachebilder, die Angstkathedralen der Louise Bourgeois und erkannte alles, die Schnittmenge war gewaltig (hoffte ich), auch ich kenne Demütigung und Verwundungen und Körper, die sich starr gegenüberstehen (wer nicht?), Abschiede und Erinnerungen, die ich abtrennen würde, wenn ich könnte (mit der Guillotine), und zugleich hüte ich alles und sammele, angewidert und hingerissen horte ich die Dinge des Lebens, die Strukturen des Daseins in meinen Zellen.

Der Wunsch, von Louise gekannt (und geliebt) zu werden, war lächerlich mächtig, fast schien es mir, als ginge es nicht weiter ohne sie (wie damals am Bahnsteig), so dass ich die Ausstellung einfach nicht verlassen konnte, stundenlang strich ich herum, misstrauische Blicke der Wärter, die vielleicht vermuteten, ich könnte etwas zerstören wollen: dabei wollte ich hier einziehen, auf diesen rostigen Betten zwischen den dramatisch blutroten Kissen schlafen, schreibe ich an CHARLEY, diese kaputten Kleider überwerfen, mich in den Schoß der gewaltigen Spinne hocken, die über den Zellen thront wie die Göttin der Gefangenen, ich war hochgestimmt und weinerlich, in so einer Zelle hätten wir beide Platz gehabt, CHARLEY, man wird sehr alt in dieser Landschaft, beinahe hundert, aber für unsere beiläufigen Weisen wäre hier nicht der Platz gewesen, die Spinne erlaubt keine Fluchten und kein Spiel, man kommt hierher als Flüchtling, der nichts mehr am Leib hat außer der eigenen Haut (so viel oder so wenig das ist), und bleibt immer unter Beobachtung, und wenn du mich vergisst oder verwirfst oder verlachst, wirst du aufgerissen oder eingerissen oder auch verschlungen, von Louise der Spinne, die mich beschützen soll, obwohl sie besser als alle anderen weiß, dass es keinen Schutz gibt.

Schau mich doch an, kurzsichtig bin ich geworden und bärbeißig, beuge mich mit schmalen Augen über die Tasten, die mir zu klein vorkommen, anderes Material wäre besser, größeres Werkzeug, schwereres Geschütz, ich sitze nur hier und schreibe, und immer noch an dich, drehe mich endlos um schmale alte Erinnerungen, aus denen ich dich immer wieder zusammensetze, mit der jämmerlichen Geduld einer Puzzlerin, die das fertige Bild gleich wieder zerstört, damit die Arbeit nie endet, und was ich nicht kann, wozu mir die Kraft fehlt, das habe ich bei Louise Bourgeois gesehen, der die Kraft nicht auszugehen schien. In ihrer letzten Zelle windet sich eine schlanke Treppe nach oben in einen offenen Raum. Und an den Wänden aus Draht hängen wie Luftblasen, wie vergessener Weihnachtsschmuck blaue schimmernde Glaskugeln, die langsam nach oben steigen.

Du hast es nicht vor Augen, CHARLEY. Ich beschreibe es nicht gut genug, du kannst es dir nicht vorstellen. Aber das macht nichts. Ich sammle dieses Bild nicht für dich. Ich behalte es ganz allein für mich.

29. Januar

Heute ist mir eine Grippe in die Glieder gesickert, ich habe es schon die letzten Tage über gespürt, aber nicht jammern wollen, dabei ist Klage für Briefe gut geeignet, ja im Grunde nirgendwo sonst so gut aufgehoben wie in Briefen (wer will sie sonst schon hören). Nun hat sich die Grippe in mir breitgemacht, eine brennende Trägheit glüht mir in Armen und Beinen, fast wie eine Art Muskelkater, der Rücken ist seltsam verzogen, obwohl ich mich gar nicht vom Fleck rühre, das Hirn wölbt sich von innen gegen meine Augen, und der Mund ist ständig ausgetrocknet und zugleich zugeschwollen. Tiefe Verlassenheit singt in dem Schweiß, der mir immer wieder aus den Poren dringt, so dass ich schon zweimal das T-Shirt wechseln musste (nun doch Klage).

Wenn jemand da wäre, um nach mir zu schauen, würde ich mich zusammenreißen (zusammenreißen: was für ein merkwürdiges Wort), es ist eben so, dass du dich ja nicht auflöst, wenn dich jemand anschaut, weißt du, während ich mich hier gerade schubweise auflöse und noch nicht einmal ungern, schreibe ich an CHARLEY, nur gut, dass ich keinen Hund habe, wer sollte den jetzt ausführen, und kochen kann ich mir auch nichts, aber ich habe ja auch gar keinen Hunger, ich bin sehr beschäftigt damit, mich dauernd umzubetten, auf die linke und wieder die rechte Seite zu wälzen, die Beine anzuziehen und wieder auszustrecken, weil alles nach zwei, drei Sekunden unerträglich ist.

Wenn jemand da wäre, ließe er mich in Ruhe liegen, mehr könnte niemand tun, vielleicht ein Tee, ein Umschlag, ich könnte statt jemand auch CHARLEY schreiben, aber ich weiß noch nicht einmal, ob ich dich hier haben wollte, denn der elende Anblick einer verschwitzten, verquollenen, trocken hustenden Kranken ist ein Vorgeschmack auf das Altwerden, der Körper hat alles Saftige verloren, Umarmungen undenkbar, niemand, der nicht Jesus ist, möchte einen gekrümmten getrockneten gebeutelten Körper in den Armen halten, man könnte es aus Großherzigkeit tun und den Widerstand überwinden, den wir gegen alles Vergehende haben. Ekel nur dann nicht, wenn die Herzkammer der Erinnerungen bis zum Rand gefüllt ist mit Gegenargumenten.

Neulich ein Besuch bei alten Herrschaften, Familienfreunden, seit Jahrzehnten nicht gesehen. Ich klingelte beklommen, von außen sah das Haus, das ich noch als Landhaus und rosenbewachsen in Erinnerung hatte, nun dicht umstanden von verklinkerten Neubauten, unbewohnt aus, Rollladen heruntergelassen, und auf mein Klingeln blieb es erst still, bis jemand einen Schlüssel mehrmals im Schloss umdrehte und einen Spaltbreit öffnete, obwohl ich doch angemeldet war und gleich fröhlich losgrüßte, aus Angst, nicht erkannt zu werden. Da standen sie, der Hausherr, früher ein verschmitzter, galanter Alleskönner, der uns Kindern seine Flaschenschiffe zeigte, winzige Viermaster mit selbst genähten Segeln, und die Hausfrau, die auch früher schon Hausfrau gewesen war, stolz auf das selbst gebackene Brot, auf dem die Butter schmolz. Er nun auf einen Stock gestützt, an seinem Platz stand ein Becher mit Strohhalm, weil er die Tasse nicht mehr halten konnte, und er verstand mich nicht und hielt mir das linke Ohr hin, in das ich rufen sollte, und sie holte den Kuchen, aufgetaut, aber in der Mitte noch eisig, und schnitt ihn für den Hausherrn in kleine Stücke und legte ihm eine Serviette über die Beine, warf mir entschuldigende Blicke zu, die ich übersah, ich wollte nicht, dass sie sich entschuldigte für ihren Mann oder für den Kuchen oder das Alter, und ich plauderte hilflos in das linke Ohr hinein und über die schlecht geschlagene Sahne hinweg und schlug vor, doch die Jalousien hochzuziehen, weil draußen helllichter Tag sei, aber sie verstanden beide nicht, was ich wollte, und als ich kurz aufs Klo ging, einfach nur, um sie einen Augenblick lang los zu sein, hörte ich ihn beinahe empört fragen, was hat sie gesagt, was draußen sei, und sie murmelte etwas Beruhigendes, und ich weiß nicht, ob mein Besuch sie gefreut hat.

Es gibt so einige Herzkammern verschiedener Menschen, in denen sich Erinnerungen an mich frisch halten, aber breite Streuung ist, wenn man geliebt werden will, keine gute Strategie, jeder ein bisschen von mir anstatt einer alles *forever* (auch mit Schweiß und trockenem Husten), dieser eine käme und würde gar nicht hinschauen, wie ich aussehe, dieser eine würde mich überblenden können mit vielen eleganten, flirrenden Zaubereien, mit Serien innerer Schnappschüsse von mir und dir, und er würde auch den richtigen Tee kennen, und die Kräuter handgetrocknet in kleinen Sträußen an der Vorhangstange, und vielleicht rufe ich Zimmi an, die hat auch eine Herzkammer und irgendwo darin mich, doch, ganz sicher sogar, das sollte ich tun.

Beinahe, erzählte eine Freundin mir, beinahe sei sie mit diesem Mann gegangen, beinahe habe er sie gewonnen. Sie war allzu bereit, ich meine, in den Startlöchern, er ein stattlicher Arzt, schon längst in Rente, aber bei Ärzten zeigt sich das nicht so sehr wie bei anderen Berufen, sie bleiben, auch verrentet, oft neutral fürsorglich, verlässlich und langmütig bis ins hohe Alter, und Haare hatte er noch, aber sein zu lautes Lachen störte sie, und seine Ohren waren sehr fleischig, und so ließ sie sich nicht gewinnen, und weißt du was? Zwei Jahre später wusste er nichts mehr, kannte nicht mal mehr sich selbst, sie hätte ihm die Socken anziehen müssen jeden Morgen, und das kannst du nur, wenn du ein Leben lang miteinander die Körper geteilt hast, das Überblenden mit gnädigeren Bildern kann dir nicht gelingen, wenn du nur ein oder zwei Jahre geübt hast, sagte die Freundin.

Ich weiß nicht, wie du dich als Krankentröster schlagen würdest, wir haben das nicht erprobt damals, es kam nicht dazu, und wenn es kleinere Krankheiten gab, blieb jeder für sich, im eigenen kleinen Elend nur vorübergehend untergebracht, ungeduldig mit zähem Husten oder gezerrtem Rücken, weil es uns abhielt von unseren nächsten Wortspielen, manchmal auch im Fieber weitergespielt, nicht zugegeben, dass die Hitze nicht nur vom Denken und Reden kam, hinterher, wenn du weg warst, zusammengeschnurrt und im Bett verdorrt bis zum nächsten Morgen.

Als ich eine Lungenentzündung hatte, Zimmi noch ganz klein, war jede Kraft in mir auf eine Weise ausgelöscht, dass ich für immer liegen bleiben wollte dort, wo ich war, und Freunde mussten kommen und meine Tochter füttern und mich auch, und der Arzt legte mir einen Ball neben das Bett, den ich mehrmals am Tag aufblasen sollte, um meine Lunge zu kräftigen, es war mir ein Rätsel, wie Menschen die Treppe hinauf- und hinablaufen konnten, ohne sich am Geländer hochzuziehen. Schließlich kam ich in die Klinik, im Bett neben mir eine alte Frau mit einem doppelten Bandscheibenvorfall. Sie lag geduldig auf dem Rücken, die Beine mit einem Schaumstoffwürfel im rechten Winkel hochgelegt, immer wach. Wenn das Morgengrauen kam und ich wieder anfing, in meine silberne Schale zu husten, schaute sie schon aufmerksam und ruhig an die Decke. Bald kam dann ihr Mann, zog den Sessel zu ihr und faltete die Zeitung auf, die er nie las. Schweigend saß er bei ihr, die Zeitung auf den Knien, bis die Schwester kam und uns wusch. Jedes Mal verließ er taktvoll das Zimmer und wartete draußen. Der Körper der alten Frau war fest, dick und appetitlich, ein schöner breiter Rücken und Brüste wie gut gestopfte Sportbeutel. Der Anblick beruhigte mich: keine Verwüstungen. Wie machen Sie das, fragte ich irgendwann einmal, als wir uns schon etwas aneinander herangeplaudert hatten, dass Sie so gut aussehen. Die Frau seufzte, wohl hatte sie andere Bilder in ihrer Herzkammer, andere Zeiten, aber dann legte sie sich mit einer beinahe stolzen Bewegung die Hand auf den Bauch unter der Bettdecke und sagte, eine Frau muss sich entscheiden, wissen Sie. Im Alter. Kuh oder Ziege. Ich habe mich für Kuh entschieden, und das war klug. Wir lachten beide.

Und, CHARLEY, was ist dir lieber, Kuh oder Ziege?

30. Januar

UNBEGREIFLICH. […] Ich sehe mich in den folgenden Widerspruch verstrickt: einerseits glaube ich den Anderen besser zu kennen als irgend jemand sonst und bestätige ihm das triumphierend (›Ich, ich kenne dich. Nur ich kenne dich wirklich!‹); und andererseits wird mir häufig handgreiflich klar: der Andere ist undurchdringlich, unauffindbar, unheilbar; ich kann ihn mir nicht öffnen, nicht in seinen Ursprung eindringen, das Rätsel nicht lösen. Woher kommt er? Wer ist er? Ich mühe mich ab, ich werde es niemals wissen.

RB

Aber eigentlich, CHARLEY, ist es doch so: Es gibt dich nicht, oder es gab dich nie, oder wenn, dann vor so langer Zeit, dass niemand außer mir es mehr weiß, oder es gibt dich ganz woanders, was auf dasselbe hinausläuft, und es läuft auch darauf hinaus, gleich, ob Kuh oder Ziege, dass ich allein bin und allein bleibe, in meinem Alter sind keine Gefährten mehr zu finden, was bedeutet, dass Suchen ein unsinniges Unterfangen ist, und das wiederum heißt: ich kann aufhören zu schreiben.

31. Januar

Und was war es, das wir hatten? Was war der Kern? Warum habe ich dich nicht vergessen? Soll ich noch mehr Listen schreiben? Kann ich hineinfassen in diese sogenannte Sammlung, dieses verklebte, vertrocknete Archiv, in diese dreckige falsche Mischung von selbst gemachten Bildern, die von ihrer Besitzerin jahrelang überzuckert wurden, und nun auf einmal will sie in einer heldenhaften Anwandlung alles freilegen und glaubt auch, das sei möglich? Kann ich tief hineinfassen und aus diesen überdehnten Fasern etwas herauslösen, das ich für das Herzstück halte? Lassen sich Wahrheiten herausschälen? Oder ist alles Schale, und wenn ich lang genug schäle, bleibt nur eine klebrige Endlosspirale zwischen den Fingern, *sticky CHARLEY*?

Wenn ich wieder gesund und hell im Hirn bin, denke ich weiter.

3. Februar

Grippe als Fortsetzungsroman. Lebensgeschichte als Folge von Krankheiten: Fieber, Masern, Mumps (was mich als Kind von früher outet, heutzutage: alles weggeimpft), Weisheitszahn (keine Krankheit), grippaler Infekt (hier nur einmal aufgeführt, steht für: einmal pro Jahr), Bindehautentzündung, Mandelentzündung, Gehirnerschütterung, Regelschmerzen (keine Krankheit), Blasenentzündung, Nierenbeckenentzündung, Rückenschmerzen, Skoliose, Schwangerschaft (keine Krankheit), Brustentzündung, Fehlgeburt (Krankheit?), Rückenschmerzen, Bronchitis, Bandscheibenvorfall I, Lungenentzündung, Bandscheibenvorfall II, Hirnhautreizung und so weiter. Prognose: zunehmende Schwere und Häufung von Krankheit.

Man könnte das sehr schön erzählen, hätte aber keine Leser. Beglaubigung nur im eigenen Körper. Sich vom Leser befreien. Sich vom Briefleser befreien. Sich mit dem Wissen begnügen, das sich im Körper eingelagert hat: so war es.

5. Februar

Kaum geht es etwas besser, schreibe ich schon wieder an dich. Vorhin war ich zum ersten Mal wieder auf, stand am Fenster und schaute auf die stille Vorortstraße. Die Ordnung der verschiedenfarbigen Mülltonnen, die Kantigkeit des Bordsteins und die Strahlkraft der Ampel an der Kreuzung! Wie die Luft durch das gekippte Fenster in die abgestandene keimige Zimmerwärme hineinwäscht. Klage ist eine Haltung, die vieles außer Acht lässt. Hymnisch die Ahnung einer Genesung begrüßen. Sich nicht scheuen, um Beistand zu bitten.

Mein Bildschirmschoner ist das Sydney Opera House, ein viele Jahre altes Foto, das hochgeladen und in hoher Auflösung unglaubliche Einzelheiten preisgibt: das filigrane Raster auf den geschwungenen Dachrücken, das dem Gebäude die systematische Anmut von Libellenflügeln verleiht; die merkwürdig schmalen Lichtschlitze im unteren Gebäudeteil, die an mittelalterliche Burgscharten erinnern, die Schwärze, die das blau schimmernde Meereswasser dreidimensional vertieft, und vor allem die Menschen auf dem vorübergleitenden Ausflugdampfer im Vordergrund, ein in Rot gekleideter fülliger Herr, der wie ein kleiner Kapitän die Arme in die Seite gestemmt hat und prüfend über die Reling schaut, ein aneinandergelehntes Paar und gleich daneben eine Frau mit lockigem Haar, die ich sein könnte, die Hand suchend über die Augen gelegt, denn das Licht damals, blendendes Winterlicht, lag über der Bucht, und ich konnte nichts erkennen im wirren Spiel von Wasser und Sonne.

Ich bin sparsam mit meinen Bildern, ich schaue mir möglichst wenige an. Ein paar Fotos, Bilder von Zimmi, als sie klein war. Filme: unerträglich, sie zerreißen mich mit ihrer Unmittelbarkeit, in die ich nicht mehr eindringen kann. Zimmi in zu großen Gummistiefeln, wie sie mit gesenktem Kopf langsam in eine Pfütze hineinwatet, Zimmi an der Koppel, wie sie stolz die Pferde zu sich ruft, wie hat ihre Stimme geklungen? Wie hat sie gerochen? Zimmi im Kettenkarussell, das Gesicht selbstvergessen in die Sonne gereckt, Zimmi mit ernster Miene beim Muschelzählen, was genau hat sie damals gesagt, was habe ich geantwortet, und wo sind diese Worte geblieben? Ich vermisse alles, gierig und sehnsüchtig (ich will alles wiederhaben!).

Bilder von uns gibt es kaum, nur einige Streifschüsse, ein zufälliger Schatten von dir, ein Arm und ein Bein, du im Hintergrund, ein halb verdecktes Gesicht, deswegen wollte ich ja googeln. Aber wer weiß, sicher wird es mir so gehen wie immer mit Bildern, Katzenjammer, deswegen, schreibe ich an CHARLEY, lasse ich es bleiben. Ich sehe dich auch nicht mehr vor mir, wer das behauptet, lügt, es geht nicht: man sieht vielleicht einen Nasenrücken, eine Haarsträhne, einen Bauchnabel, aber nicht, wie es sich alles ineinanderfügt zu Fleisch und Blut, wie es so schön heißt und so weiter.

Eine Kassette habe ich in meinem Museum gefunden: Gespräche mit Zimmi, als sie drei oder vier war. Mein aufgeregtes, hingerissenes Geplapper, ihre langsamen, sorgfältigen Erklärungen: was sie gerade malt, dass der rote Fleck auf dem Bild sie selbst ist, dass sie mich nicht dazumalt, weil ich gerade einkaufen bin, dass sie den Papa nicht malt, weil sie keinen hat, dass sie mir nichts vorsingt, weil sie keine Lust hat.

Ein Wunsch: Kassetten mit unseren Gesprächen, ich würde sie niemals anhören, sie einfach nur besitzen, ein Archiv der Gespräche, es wäre ein großer Reichtum.

Aber ich wollte doch, als ich krank war, das Archiv auflösen. Ich wollte das einzige Fundstück, auf das es ankommt, ans Licht heben, abstauben und genau anschauen. Es ging, du erinnerst dich, um die Mitte. Um den Kern oder etwas in die Richtung. Jetzt bin ich wieder geistesklar und finde die Idee abwegig, aber den Wunsch verständlich. Damit wäre mir ja auch geholfen. Ich könnte mir diese Mitte (Kern und so weiter) so oft erzählen, bis ich sie für dich mit glaube, und darin Frieden finden. Sie auswendig lernen und auf öffentlichen Plätzen rezitieren. Sie auf Wände sprühen und auf meine Website stellen, sie ins Gras hineinmähen! Sie dem Geiger Hakim geben, der Klänge dazu finden würde, die sich nicht zu Melodien versteigen. Immer mehr Briefe dazu schreiben. Und sie später einem Mädchen erzählen, das an meiner Seite sitzt, wenn ich die Äpfel nicht mehr selber schälen kann, immer und immer wieder, bis es sie auswendig kennt und aufschreibt.

Aber wenn es eine einzige Geschichte werden soll, muss ich alles andere aussortieren. Was nehme ich? Was will ich behalten?

Vielleicht ist es auch an der Zeit, CHARLEY, dass ich

diese Geschichte anders schreibe, vom Ende her aufgerollt, meine ich, das ich bisher starrsinnig immer auf die gleiche Weise erzählt habe, aber es kann ja auch anders gewesen sein: ein Mann und eine Frau auf einem Bahnsteig, beliebige Kombinationen bieten sich an.

Versuch über CHARLEY 13

Es ist anders gekommen, als er dachte. Er wollte sich von dem Mädchen trennen, hat auch schon Andeutungen gemacht, aber bevor er sich entschließen kann, es auszusprechen, hat sie ihm einen liebevollen, aber bestimmten Brief geschrieben, sie könnten sich noch einmal sehen, aber das sei dann eben auch das Ende, sie spüre, dass er es genauso empfinde, und sie wolle in eine Richtung, die er nicht mitgehen könne, sie wolle Kinder haben und sich kein Geld mehr leihen müssen und essen gehen können und jemanden zu Hause, der sie pflege, wenn sie Lungenentzündung bekäme, und all das seien keine Launen, sondern tiefe Wünsche, denen sie nun nachgehen müsse, ohne ihn. So trafen sie sich noch einmal, sie brachte ihm Bücher und Zettel, die er in ihrer Wohnung gelassen hatte, und türmte sie im Café auf den Tisch, es sah fast aus wie eine Geburtstagsbescherung, und er bat sie nicht, es sich zu überlegen, und dann standen sie am Bahnsteig und hielten sich fest, er hatte eine Stofftasche mit seinen Büchern zwischen den Füßen und sie im Arm, mehr brauchte er doch gar nicht, dachte er und fing plötzlich an zu schluchzen, und sie weinte auch, schob ihn dann aber in den wartenden Zug, der noch viel zu lang stand, während er schon in einen Fenstersitz gesunken war und sie noch draußen herumstand und dann sogar winkte, als der Zug anfuhr. Wie ein Frachtstück, dachte er, hat sie mich hier abgeliefert und zu-

rückgelassen. Dabei ließ er sie zurück auf dem Bahnsteig, wo sie noch eine Weile nachdenklich zwischen den Fahrplänen und Wartehäuschen herumstand und dann aufbrach, um ihren Wünschen nachzugehen.

6. Februar

Das darf auf keinen Fall noch einmal passieren, dass ich über das Schreiben schreibe (es passiert aber ständig). Irgendwann, wenn ich es mir erlaube, werden meine Briefe nur noch aus sich selbst bestehen, also aus einem Schreiben, das vom Schreiben von Briefen handelt. Schon als Kind wollte ich ja, nicht anders als jetzt, Erwachsenen klar machen, dass wir über das Reden reden müssten. Wenn ich von anderen Kindern berichtete, erzählte ich nicht, wie sie hießen oder wo sie wohnten, sondern nur, ob sie viel oder wenig sprachen, ob sie zuhörten oder eher nicht, ob sie lustige oder seltsame Geschichten kannten. Anna, ein Mädchen aus meiner Klasse, das immer schwieg, hatte all meine Bewunderung: ich wusste, wie mutig es ist, auf die freundlichen Geräusche zu verzichten, mit denen wir uns einander versichern. Ich beobachtete sie und sah, dass es schwer war. Wenn um sie herum das Gespräch brauste, sah sie gehetzt aus, und manche versuchten, sie mit Fragen regelrecht in die Enge zu treiben. Sie antwortete dann notgedrungen mit knappen Sätzen, sie konnte ja sprechen, sie wollte nicht auffallen und niemanden verprellen, vielleicht war es also kein Mut, sondern sie hatte gar keine andere Wahl – für das Brausen des Small Talks hatte sie eben kein Ohr und für das Schmieröl des beiläufigen Sprechens kein

Händchen, und so schwieg sie und war deswegen in der ganzen Schule bekannt. Bei großen Geheimnissen hieß es: schweigen wie Anna. Ich weiß nicht, wie es ihr heute ergehen würde, schreibe ich an CHARLEY, was tun die Schweigenden denn, wo sind sie überhaupt.

Damals achtete ich auch bei den Erwachsenen darauf, welche Geräusche sie zwischen den Sätzen machten, ob sie abwarteten, bis jemand zu Ende gesprochen hatte, ob sie zu laut lachten und sich gegenseitig anschauten. Wenn ich ihnen meine Beobachtungen erzählen wollte, hörte mir aber niemand zu. Sie wollten ihre Gespräche nicht auf dem Seziertisch sehen. Die Stille zwischen den hin und her springenden Fragen und Antworten, Geschichten und Wendungen machte mir Angst, sie trat selten ein, niemand ließ es zu, aber wenn doch, dann bangte ich um sie, wollte mehr von ihr und ersehnte zugleich, bis mir der Schweiß ausbrach, die Stimmen, die sie füllen würden. Irgendjemand erbarmte sich immer.

Nicht anders als jetzt, will heißen: Kind oder nicht Kind, die gleichen brennenden Anliegen in mir wie damals, leicht abgestoßen vielleicht, ein wenig Asche an den Rändern, wo früher alles frisch loderte. Unfassbar, wie man sich beim Älterwerden in sich selber irrt und es doch zugleich besser weiß. Jedes Alter als unverrückbar erleben, auch wenn der Sprung ins nächste Lebensalter (es ist ein Sprung, wir altern schubweise) schon mehrere Male hinter uns liegt; immer wieder den Blick auf sich selbst behutsam auffrischen, im guten Glauben, nun sei ein haltbarer Zustand erreicht, nun könnten wir immer dreißig bleiben, immer um die vierzig, immer auf die fünfzig zugehend, während sich um mich herum die Generationen neu sortieren wie die Ziffern auf den Anzeigetafeln der Flughäfen, die klackernd einige Sekunden durcheinanderwirbeln, bis sie sich verlässlich zu einem neuen Ablauf geordnet haben. Die Uralten sind keine Greise mehr, die Alten jetzt die älteren Mittleren, die Jungen jünger als Zimmi, ständig muss ich, wenn ich nicht in der Haut der ewigen Studentin stecken bleiben möchte, mich beim Schopf fassen und in neue Kleider, Gespräche und Beschäftigungen hebeln, ich meine, CHARLEY, trägt jemand wie ich noch Kapuzenpullis (ich schon), wer darf mich duzen, welche Reisen mache ich allein, wer hält mir die Tür auf, sind graue Haare schön (ich habe keine), und wann sterbe ich?

Wie rede ich mit wem, und welche Redeweisen stehen mir zu?

Schon als Kind: reden und über das Reden reden, den anderen zuschauen, was sie miteinander anfangen und abbrechen, soziale Geschäftigkeit, die Sehnsucht nach einem Zuhörer, nach dem einen Zuhörer, eine Zeit lang meinte ich damit Gott: ein kosmisches Ohr, zu dem alles hochstieg, und ich verlangte keine Antwort (wahrhaftige Zuhörer schweigen oft, weil sie zu beschäftigt sind mit Zuhören, vielleicht war das der Grund für Annas Schweigen). Das göttliche Ohr, dachte ich, umschließe die Welt, wir seien eben vielleicht nur ein Körnchen Schmalz in dieser allumfassenden Ohrmuschel. Später fand ich dann das göttliche Ohr so schwerhörig, dass ich mich entschloss, es als Zuhörer zu streichen, denn wenigstens eine winzige Versicherung muss es für den Sprechenden ja schon geben, dass er gehört werde, und wenn sie ausbleibt, sollte man die Idee aufgeben und besser an anderer Stelle suchen, lieber Ohren mit feinem Flaum und langen weichen Ohrläppchen, in die ich hineinflüstern kann, mit der Zungenspitze die Windungen nachfahren, das gefällt jedem, vielleicht sogar Gott.

Zimmi hat Ohren, da kommen dir die Tränen. Früher weiche Kinderohren, fein modelliert aus Marzipan und dicht am Kopf, sind sie jetzt wie gezeichnet, kleine freche Schnörkel, so blitzen sie aus den kurz geschnittenen Haaren, die Piercings wollte ich ihr verbieten (unversehrt das Kind!), aber nun rühren mich ihre gepiercten Ohren noch mehr, durchstochene Kinderohren, ehrlich, CHARLEY, dagegen kannst du einpacken mit deinen feinen Lauschern.

In Filmen immer die Schweigenden beneidet, die, die wortlos miteinander arbeiten, sich die Werkzeuge reichen oder die Pferde halten, die Liebenden, die alle Missverständnisse auflösen, indem sie einen Nasenrücken entlangfahren, die Beine übereinanderlegen, und dann der Schnitt, bevor sie wieder zurückkehren ins Sprechen. Schweigend umarmen, das ging nur bei Zimmi, schreibe ich an CHARLEY (du weißt ja, Umarmungen und ich). Ein Kind lässt sich fest umarmen, wenn es müde ist, und umarmt auch zurück, schlingt dir die Arme um den Hals und presst das Gesicht in die Stelle zwischen Hals und Schlüsselbein, bis es nicht mehr mag, und dann musst du auch loslassen. Babys können es nicht, wie Hunde wollen sie nicht zu fest gedrückt werden, aber dafür schlafen sie auf deinem Arm ein und liegen schwer auf deinen Rippen, ihr ganzer Körper hebt und senkt sich mit deinem Atem, bloß nicht einschlafen, damit du es nicht verpasst.

Als Mutter bin ich gierig, CHARLEY, ich bin überhaupt

gierig, unersättlich, allein deswegen schreibe ich dir ja überhaupt, ich will Briefe, Antwort, Ohren, Umarmung.

Wir beiden haben nicht zu den Schweigenden gehört, CHARLEY, im Gegenteil haben wir so gern und so heftig geredet, wir haben uns um Kopf und Kragen geredet und rettungslos zugehört und immer wieder Schiffbruch riskiert, gern haben wir über das Reden geredet, aber auch über alles andere innerhalb dessen, und im Grunde war unser Reden unser Sex, Berühren überall, Spiel und Verletzung. Anfassen erlaubt, Füttern erlaubt, alles erlaubt. Sich miteinander vorantasten im Denken, dazu gehört Zuhören, ein brennendes Zuhören, indem man sich innerlich vorbeugt, den Kopfraum des anderen so weit durchmessend, dass man auch gemeinsam den Gedanken pflücken kann, aber einer lässt dem anderen den Vortritt, die Reihenfolge ist egal. Den Gedanken hin und her wenden, ihn sich ein wenig zuspielen, auch mal in die Luft werfen, probeweise auseinandernehmen und wieder zusammensetzen, um zu sehen: er hält stand, jedenfalls jetzt, in diesem Augenblick und an diesem Abend, und dann über die Müdigkeit hinaus noch etwas weiterreden bis zu den Ufern des *Nonsense*, das konnten wir, und das wollten wir immer wieder. Im Garten, während wir das Fallobst sammelten, beim Laubrechen, im Zug, über Bücher gebeugt, beim Aufräumen, beim Zähneputzen mit schäumenden Backen immer weiter geredet, atemlos zugehört, und niemals werde ich begreifen, wie du das hast aufgeben können, dafür brauchtest du mich und ich dich, ich habe es nie mehr erlebt seit dem Abschied auf dem Bahnsteig, wo uns die Worte ausgeblieben sind, und seitdem bin ich kleiner, ärmer und dümmer geworden, keine Feuerwerke mehr, noch nicht mal kleine Lagerfeuer, unser endloses Sprechen, überstrahlt vom großen Zuhören, und niemals werde ich es begreifen, wie konntest du es abbrechen, es bleibt mir unbegreiflich, und ich stehe da, heute immer noch wie damals, und will es dem göttlichen Ohr hineinschreien oder wenigstens deinem Ohr einschreien oder zur Not einschreiben, zur Not.

7. Februar

Einfach versiegt unser Strom, es gab diese Schleuse, gegen die sich nun alles staut, und du bist auf der anderen Seite hinabgestürzt in ein neues, frisches Reservoir, und ich immer noch diesseitig, und du siehst, in der Not greife ich gierig nach Metaphern, Ströme Fälle Fäden, ganz höre ich nicht damit auf, ich kann nicht aufhören, es ist ein Lebensstrom, und wenn ich aufhöre, vertrockne ich, und zugleich will ich es beenden, ich beobachte mich dabei, wie ich mich erbärmlich hineinschreibe in dieses alte verblichene verklungene Gespräch.

8. Februar

HINGERISSENHEIT. Schwärmerisch gepriesene Anfangsepisode (die aber nachträglich rekonstruiert werden kann).

RB

Wann höre ich auf? Wer vom Ende schreibt, kann auch vom Anfang schreiben, unbedingt vom Anfang, damit es ein Ende überhaupt gibt (sonst hört das ja nie auf). Wann fing das denn an, schreibe ich an CHARLEY, was war unsere Abmachung, auf welchen Anfang hatten wir uns geeinigt? Zählt der erste Kaffee, das erste Mensaessen (damals noch nicht vegetarisch), wir schaufelten Pommes und Fleischstücke auf unsere Gabeln und vergaßen vor lauter Reden das Essen: die *metaphysical poets, confessional poetry*, Wörter und Erfahrung und alles, was dazwischen klafft, die Suche nach einem dritten Raum, in dem Sprache und Welt eine Schnittmenge bilden (wir hatten schon eine gemeinsame Sprache, eine sprunghafte, anstrengende und zugleich sehr leichtfüßige Sprache, mit vielen englischen Wörtern, weil wir beide dort gelebt hatten, albern für jeden dritten), zählt der gemeinsame Vortrag auf der Tagung, den wir nachts auf der Liegewiese des Freibades fertigschrieben, gleich neben dem Kinderbecken, in dem ich später Zimmis Schwimmflügel aufblies? Oder die Nacht, in der wir mit den Rädern auf die Kreuzung schossen, ohne vorher nach dem Verkehr zu schauen (es gab keinen)? Der Herbstspaziergang, bei dem wir Feuerwanzen in den Baumwurzeln fanden und Hirschkäfer, durch Wiesen, die wir sofort zu unserer Landschaft erhoben, wir nahmen sie in Beschlag, ab sofort waren es unsere.

Der Morgen im Februar, als ich allein am zugefrorenen See saß und überlegte, ob wir uns jemals anfassen würden.

Als du von einer Reise kamst und wir uns zufällig in der Stadt trafen, wie ein Tourist standest du neben deinem Koffer und schautest dich um, verloren und neugierig. Du hattest einen Mantel, den ich noch nie gesehen hatte, über dem Arm, und dein Hemdkragen war abgeknickt.

Als du dir den Bart abrasiert hast, dein junges, blasses Gesicht darunter, zweifelnd hobst du die Augenbrauen.

Die Nacht, in der alle nackt in den Badesee sprangen, nur ich saß schmollend am Rand, weil ich mich nicht traute, unter deinem Blick.

Als wir uns verliefen im nordenglischen Moor, weil der Regen die Wegmarkierungen weggewaschen hatte, und die Stiefel so tief einsanken, dass von oben der Schlamm hineinstürzte wie in eine Vase.

Eine Exkursion nach Italien, wo wir in einer Apotheke Hustenpastillen kauften, die uns gleich vor der Tür in eine Pfütze fielen, winzige violette Inseln im brackigen Wasser.

Taco-Essen im Mückengestöber.

Einschlafen in der Bibliothek, im grünen Licht des Kopierers.

Knoblauch klein schneiden, mit grobkörnigem Salz unter der Gabel pressen, bis ein duftender Sud an den Fingern klebt.

Als wir am Waldrand über Sex redeten: nicht unseren, sondern wie sich darüber unfertig sprechen lässt, überhaupt: unfertiges Sprechen.

Als wir in den Bergen Eier kochen wollten, und sie wurden nicht gar.

Als wir im Frühling nachts durch die Straßen gingen und blühende Zweige klauten.

Fahrrad putzen, jede Speiche einzeln.

Als du klettern gingst und ich anfing zu heulen: wenn du nicht wiederkämest.

Als wir im Kino waren (*Being John Malkovich*) und mein Magen so laut rumorte, dass er die Filmmusik übertönte: du legtest mir eine Hand auf den Bauch, und gleich darunter vibrierten meine Innereien.

Die Nacht, als wir im Stadtpark saßen und jemand vorbeitorkelte, der uns eine Banane schenkte. Wir aßen sie andächtig: Speisung der Armen.

War es diese Nacht, oder war es:

Der Morgen, als wir uns unsere alten Fotos zeigten, Hunderte von Bildern ausgebreitet auf dem Bett und dem Boden.

Im Zelt das grüne Morgenlicht.

Als wir im Dezember über den Acker gingen und sich eine Wolke von Krähen über uns hob und senkte.

Der kalte Morgen, als ich meine Handschuhe vergessen hatte, und du gabst mir einen von deinen.

Sprünge in den Schnee.

Nein. Ich glaube, es war der Nachmittag im Juni, als wir

zusammen in der Hängematte lagen, Kopf an Fuß, und uns, anmaßend, mit glückseligem Dünkel, Roland Barthes' *Fragmente einer Sprache der Liebe* vorlasen. Warmes Licht lag auf deinem Garten (niemand sonst hatte einen), wir hatten Giersch und Akeleien ausgerissen und den Rasen gemäht, in der Ferne ein Motorrad und Hundebellen, Roland Barthes war schwer und leicht zugleich, den fein gearbeiteten Gedanken über die Figuren der Liebe folgten wir träge, ließen uns hinein- und hinaustragen in die scheinbare Ordnung der leuchtenden Sätze, die zugleich erklärten und verbargen, meine Füße (im Bach gewaschen, die Zehennägel extra vorher geschnitten, als hätte ich es geplant) neben deinem Gesicht, und auf einmal legtest du eine Hand um meinen Fuß, und deine Hand, warm und trocken, lag fest um meinen Fuß, ja, das war der Anfang, CHARLEY.

Aber sicher bin ich nicht. Wir müssten uns einigen, verstehst du. Du kannst sogar alles umschreiben, das ist doch ein Angebot! Wenn die Geschichte ohne Anfang bleibt, ist sie gar nicht passiert: also such dir einen aus, der dir am besten gefällt, sonst hat es uns nie gegeben.

Du kannst es natürlich auch lassen, dann verlierst du eine Geschichte. Bitte schön. Wenn du dir das leisten kannst, nur zu. Vielleicht hast du inzwischen so viele davon, dass du auf unsere gut verzichten kannst.

9. Februar

> MONSTRÖS. […] Der Diskurs der Liebe erstickt den Anderen, der unter diesem massiven Redeschwall keinen Raum für seine eigene Sprache findet. […] Der Andere wird durch seine Stummheit entstellt, wie in jenen entsetzlichen Träumen, in denen uns eine geliebte Person, des Mundes beraubt, mit ganz verhüllter unterer Gesichtshälfte erscheint; und ich, der ich spreche, bin ebenfalls verunstaltet: das Selbstgespräch macht mich zum Monstrum, zur riesengroßen Zunge.
>
> *RB*

So viel wir immer geredet haben: das Schweigen, schreibe ich an CHARLEY, gut, das hätte noch Zeit gebraucht. Wir hätten es ja ausprobieren können, herumgehen, draußen, bei Regen, oder Musik spielen, oder einfach nur liegen und schauen, ich sage es ja, die Umarmungen: die hätten wir probieren sollen. Aber es gab so viel zu reden, und dann war schon die Zeit vorüber, und vielleicht: eine Angst vor dem Abreißen der Sprache, denn was passiert dann. Wir haben uns ja noch nicht mal getraut, einander schweigend anzuschauen: also da war noch Spiel bis zu einem Schweigen, das sich mit Annas hätte messen können.

Anna übrigens hat dann später einen schweigsamen Bretonen getroffen, mit dem ist sie ausgewandert, so stelle ich es mir vor. Die haben sich, denke ich mal, zwischen rosa Felsen und Rosenkohlfeldern ein kleines Haus renoviert, einen Esel angeschafft und Hühner, und weil Bretonisch sowieso ausstirbt, schweigen sie gemeinsam dem Ende entgegen. So weit sind wir nicht gekommen, mein lieber CHARLEY, wir sind noch nicht mal bis zum Schweigen gekommen.

Du hast immer schon mit vielen über vieles gesprochen, mehr als ich hast du dich verstreut und verbunden mit anderen, du warst großzügiger als ich, mitteilsamer, du wusstest auch, dass es nicht nur den einen Strom gibt, sondern weite Gebiete mit viel Wasser, in dem man sich tummeln kann. *There are plenty more fish in the sea*, und so hast du dann eben mit anderen weitergeredet, vielleicht ist es für dich eine Art roter Faden und gar nicht so wichtig, wer ihn fortspinnt, während ich immer nur uns beide am Webstuhl wollte. Die Metaphern stehen Schlange, vielleicht sollte ich sie aussortieren, mich verkargen und verschlanken, statt mich in schmierigen sehnsüchtigen Metaphern auszubreiten. Oder mich entscheiden, vielleicht sollte ich diesen leuchtenden roten Faden aus mir herauszerren, aufrollen und endlich beiseitelegen, es wäre weiser, und sterben würde ich daran nicht, so schnell stirbt keiner, schon gar nicht an ausgerissenen Fäden, im Gegenteil müssen Fäden gezogen werden, damit die Wunde verheilt, aber von Wunde kann man ja in meinem Fall und nach all diesen Jahren auch nicht mehr sprechen. Und vielleicht gab es ja den Faden auch nicht und den Strom nicht, nicht so, wie ich mich daran zu erinnern meine, ich kann es ja mit niemandem abgleichen und glaube mir oft selbst nicht, und selbst wenn es so war: ist es lang vorbei.

Draußen ein rötliches, entzündetes Licht, das die Häuser gegenüber mit einem wunden Glanz überzieht, die Fensterscheiben orange, man könnte aber auch sagen: ein feierliches Winterlicht, oder ein prächtiges Abendlicht, oder einfach nur: Licht.

Versuch über CHARLEY 14

Er redet gern mit anderen, er spricht viel und gut, und in Gesprächen findet er Gedanken, die ihm allein nicht gekommen wären, aber im Grunde sehnt er sich nach Schweigen. Es kommt selten dazu, auf das Sprechen zu verzichten, er traut es sich auch nicht, schnell ist er mit Worten bei der Hand, und den anderen geht es genauso. Das Mädchen, mit dem er viel Zeit verbringt, ist niemals still, immer hat sie etwas zu sagen, und er muss sich anstrengen, damit sie sich nicht mit ihm langweilt. Er legt sogar oft, bevor sie sich sehen, Musik oder Bücher heraus, über die er mit ihr sprechen will, es sind seine Trophäen, und auch sie sammelt dies und das für ihn an, schickt ihm Artikel, bringt ihm Filme mit, sie stecken die Köpfe zusammen und schauen sich alles an, und wenn sie draußen durch die Wiesen gehen, rufen sie sich pausenlos etwas zu, und im Bett flüstern sie gleich weiter. Es ist ein Strom, in dem sie nie untergehen, und wenn einer schwächelt, wirft ihm der andere einen Rettungsring zu, und wenn einer stirbt, muss der andere allein weiterreden und wird Selbstgespräche führen müssen. Als ihm klar wird, dass es nie aufhören wird, dass sie gemeinsam den Redestrom nicht verlassen können werden, lässt er das Mädchen am Bahnsteig stehen.

Da steht sie, während sein Zug abfährt, und ruft ihm alles Mögliche hinterher, sie will reden, alles besprechen, natürlich, und mit großer Trauer und einer tiefen Erleichterung sieht er ihr Gesicht kleiner werden und verschwinden, die Lippen ständig in Bewegung, und nun kann er endlich das tun, wonach er sich gesehnt hat: den Mund halten.

Ich schreibe an dich, ich habe an dich geschrieben, weil ich die Form des Briefes schätze: es könnte jemanden geben auf der anderen Seite, einen Empfänger, so wie ich zum Empfänger geworden bin für die ganze Straße, weil ich zu Hause arbeite und dem Paketboten bereitwillig öffne. Erhitzt und mit einem entschuldigenden Lächeln schiebt er mir die Pakete für die Nachbarschaft ins Haus, und nachmittags, wenn sie nach der Arbeit beschenkt werden wollen, kommen sie zu mir herüber, klingeln und schauen mich erwartungsvoll an. Ich sehe sie durch das Fenster schon im Anmarsch, sie fahren sich rasch mit den Fingern durch die Frisuren, bevor sie klingeln, und richten sich die Krägen. Ich fühle mich gar nicht gestört, sondern geehrt, ihnen eine kleine Freude zu machen, sie bedanken sich sehr bei mir, als hätte ich ihnen etwas geschickt, und scheinen vergessen zu haben, dass die Pakete ja auch Rechnungen enthalten und Kosten verursachen. Manchmal verraten sie mir, was sie bestellt haben, verschwörerisch: Fitnesshanteln, Schokoladenschmelzformen, Stopfgarn in ausgefallenen Farben, Zierfischfutter, DVDs mit ungarischen Kurzfilmen, und ich nicke ihnen zu: ja, das geht in Ordnung, erfreuen Sie sich daran, das haben Sie verdient. Vielleicht ist der Nachmittag wegen der Pakete der schönste Teil des Tages, ich gehe deswegen zwischen vier und fünf selten aus dem Haus und trinke meinen Kaffee erst danach.

Wenn man freudlos durch die Tage geht, ist es verblüffend, einen Menschen zu sehen, der beglückt vorüberläuft. So geschehen gestern in Frankfurt, ich ging langsam über den Bahnsteig, fröstelnd und unfroh, die Menschen erschienen mir in ihren Wintermänteln, zusammengedrängt im abgezirkelten Raucherquadrat oder vor den Wagenstandanzeigern, verloren und unscheinbar, unförmige Mützen über die Köpfe gezogen, ihr Gepäck klobig und hässlich, ich selbst nicht anders, da kam mir eine Frau entgegen. Sie zog ihren Koffer hinter sich her, die Haare sprangen auf den Schultern auf und ab, und sie lachte, die Augen freudig zusammengepresst, sie schaute niemanden an, sondern über die Köpfe der anderen hinweg schräg nach oben, aber als ich mich rasch umdrehte und ihrem Blick folgte, gab es dort oben in den sauberen Höhen der Bahnhofshalle nichts, was mit ihrem Lachen zu tun haben konnte, niemanden und nichts, keine Tauben, nur die stabile Konstruktion der Stahlträger, und schnell drehte ich mich wieder zu ihr um, um ihr Gesicht noch einmal zu sehen, sah sie aber nur noch von hinten, wie sie behände um die Gruppen der Wartenden herumeilte und plötzlich hinter einem Getränkeautomaten verschwunden war.

Beim Blick in die Höhen der Dachkonstruktion fiel mir die Geschichte ein, die die Künstlerin Agnes Meyer-Brandis sich ausgedacht hat, und mehr noch, sie hat sie ausprobiert. Das ist es mit den erfundenen Geschichten, CHARLEY, wir spielen sie durch und lassen alles im Ungefähren. Die Idee dieser Künstlerin war es aber, eine

Umsetzung zu riskieren. Und das ging so: sie wollte mit Gänsen zum Mond fliegen. Um die Gänse zu trainieren, brauchte sie einen möglichst frühen Zugriff. Also holte sie sich einen Korb Gänseeier kurz vorm Schlüpfen, bewachte und bebrütete die Eier, bis die ersten Schalen zerbarsten, und prägte die Gänseküken von Anfang an auf sich. Sobald die Gänse laufen konnten, folgten sie ihr überallhin. In einer Baracke richtete die Künstlerin eine Schulstube ein, in der sie den Gänsen Unterricht in Astronomie, Flugkunde und Physik erteilte und sie für jeden Fortschritt reichlich belohnte. Im nächsten Schritt spannte sie die Gänse vor ein altes Fahrrad und zog mit ihnen über die Felder. Als dann noch der Mond am Himmel stand, war sie ihrem Ziel schon ziemlich nahe. Sie filmte ihre Arbeit mit den Gänsen, und es gibt lange Sequenzen, die sie auf ihren Probeflügen zeigen, allerdings noch immer am Boden, das Fahrrad mit ausgespannten, silbern angestrichenen Pappflügeln neben sich herschiebend, die Gänse vorwegdrängelnd, die ganze Gruppe ein Anblick irrwitziger Unternehmungslust. Im Hintergrund ein großer blasser Mond, fern, aber nicht unerreichbar.

Du merkst, schreibe ich an CHARLEY, dass ich nun, wo ich den Abschied und den Anfang noch einmal beschrieben habe, lieber von anderem schreibe. Ich könnte noch zehnmal beschreiben, wie wir uns kennengelernt haben, aber ich bin müde geworden. Kein Zauber mehr, kein böser und kein guter. Unzählige Variationen, eine nicht wahrer als die andere, ich kann ihnen allen hinterherschreiben, oder ich gehe auf und davon und achte auf anderes. Beschrieben werden wollen auch die Zugvögel und die Großbaustellen, das Kind auf dem langen Schulweg durch die Tundra, die essbaren Pilze und die Obstsorten, das Lachen der chinesischen Landarbeiter beim Fotoshooting auf dem Platz des Himmlischen Friedens, Anbaugebiete von Soja und die Korbflechterei in der Behindertenwerkstatt, wo eine alte Frau arbeitet, die so winzig ist, dass sie auf einem Podest stehen muss, um an die Arbeitsfläche zu reichen, man könnte rufen: reiß das Fenster auf und auch die Augen, Sprache wird überall gebraucht, frische selbst gemachte eigene luftige Sprache. Aufhören, Fundstücke zu apportieren, Anekdotisches im feuchten Schnäuzchen zu schleppen bis vor deine Füße, ja, dann kann ich dir nichts mehr bringen, CHARLEY, Gedanken ohne dich, das könnte ein nacktes, freudloses Herumdenken werden, oder ich müsste verstummen, den Mund einfach halten, schweigen wie Anna, oder es wäre ehrlicher: ich müsste mich an mich wenden. Ich schriebe dann nicht mehr an CHARLEY, warum sollte ich auch ständig an diesen CHARLEY schreiben, es gibt niemanden, der so heißt. Material entsteht nicht dadurch, dass ich es dir zeige.

12. Februar

> SCHWEIFEN. […] Wie endet eine Liebe? – Was, endet sie denn überhaupt? […] Was auch aus dem Liebesobjekt wird, ob es verschwindet oder in die Kategorie Freundschaft überwechselt, jedenfalls sehe ich es sich nicht einmal verflüchtigen: die Liebe, die zu Ende ist, verliert sich in eine andere Welt nach Art eines Raumschiffes, das Lichtsignale auszusenden aufhört: das geliebte Wesen, das früher wie ein gewaltiger Aufruhr widerhallte, ist auf einmal tonlos-dumpf. […] ich kann (als verliebtes Subjekt) meine Liebesgeschichte nicht selbst zu Ende konstruieren: ihr Dichter (ihr Rezitator) bin ich nur für den Anfang […].
>
> *RB*

Durch den Abschied haben wir uns andere Abschiede erspart, CHARLEY. Was haben wir uns nicht alles erspart.

Wir mussten nie unser Gähnen voreinander verbergen.

Wir mussten nie mit dem Essen aufeinander warten (ungeduldig mit dem Kochlöffel die Suppe geschmeidig halten).

Nie fürchten, einen Fehler zu machen (das falsche Brot zu kaufen, den Schlüssel von innen stecken zu lassen, die Zeitung mit Butter zu beschmieren).

Nie starr im Bett liegen, die Hand des anderen fürchtend.

Uns nie die Hemden bügeln.

Nicht den Blick senken.

Keine nächtlichen Zettel mit Entschuldigungen.

Keine Rentenberatung.

Ich habe dir nie vor die Füße gekotzt.

Ich musste nie die Badezimmertür abschließen.

Wir haben uns nicht um das Kind gesorgt.

Kein Regal zusammen gekauft.

Oder gebaut.

Nie den Esstisch gemeinsam geölt (wir glaubten nicht an Möbel).

Uns nie die Schultern massiert.

Sind nie im Kanu gekentert.

Kein Hausputz (wir hatten kein Haus).

Kein Streit um Wandfarben, Schuhkäufe, Urlaubsziele.

Am besten, man lernt sich erst gar nicht kennen, dann erspart man sich viel.

Versuch über CHARLEY 15

Eine Schreiberin schreibt einen Brief an CHARLEY. Er schreibt nicht zurück. Rasch greift sie in die Tastatur und schreibt den nächsten Brief. Darin erzählt sie, wie sie ihm neulich einen Brief geschrieben hat, der vermutlich nie bei ihm ankam, und dass sie auf eine Antwort wartet. Als die ausbleibt, schreibt sie den nächsten Brief über das Warten auf einen Brief. Nach und nach hat sie immer mehr zu schreiben. Sie schreibt über das Schreiben eines Briefes, der davon handelt, wie jemand Briefe schreibt darüber, wie es ist, auf einen Brief zu warten. Sie kommt kaum noch zu etwas anderem. Jeden Morgen sitzt sie schreibend am Schreibtisch, abends im Bett schreibt sie die letzten Zeilen, um dann morgens wieder zu beginnen. Ihre Haare werden lang und strähnig, ihre Wohnung staubig. Besuch empfängt sie kaum noch, auch die Wohnung verlässt sie nur, um die Briefe einzuwerfen. Briefmarken sind ihr längst ausgegangen. Im Ort gibt es sowieso keine Post mehr.

15. Februar

Ich möchte jemand werden, die nicht mehr sammelt, sondern verliert. Jemand, die nur dann schenkt, wenn es etwas zu verschenken gibt.

17. Februar

> Jeder Partner einer Szene träumt davon, das *letzte Wort* zu behalten. Als letzter sprechen, den ›Schlusspunkt setzen‹, heißt allem, was gesagt worden ist, schicksalhaftes Gewicht verleihen, heißt den Sinn beherrschen, besitzen, austeilen, treffen [...].
>
> *RB*

Wann war ich zuletzt froh, frage ich mich, schreibe ich, vielleicht an CHARLEY, vielleicht aber auch nicht, für Freude ist CHARLEY nicht zuständig, nicht mehr. Froh gewesen beim Spaziergang am schwarz-weiß gemusterten Schneehang, die alte grün gestreifte Wollmütze auf dem Kopf, die ich endlich wiedergefunden habe. Und beim lohnenden Staubsaugen, ganze Flocken unter dem Sofa hervorgesaugt, froh gewesen beim Nachdenken, beim Skypen mit Zimmi (das Bild fror ein, gerade als sie ihre Stirn runzelte), öfter, als ich dachte, jedenfalls; nicht froh geworden beim Schreiben an CHARLEY. Die sammelnde Haltung ist eine geduckte, immerzu auf Fundstücke aus (wir am Ostseestrand, den Blick gesenkt, auf der Suche nach schwarzen Steinen mit Löchern). Froh geworden nicht bei musealen Beschäftigungen und der Pflege des Archivs. Froh geworden beim Gedanken an einen Gänseflug zum Mond.

Diese Listen, die überall hängen und in meinen Briefen die Seiten füllen, diese Listen sind unendlich, das ist die Verlockung: immer weiter Listen schreiben, Roland Barthes schreibt sie über die Liebe (über das Sprechen über die Liebe), aber auch er bricht irgendwann ab. Listen sind nie vollständig, man kann sie an den Kühlschrank hängen, bis sie abgehakt sind, aber dann will schon die nächste geschrieben werden.

Starker Wunsch, allein durch das Land zu gehen, auf stillgelegten Bahnstrecken, Randstreifen, Feldwegen oder unter Hochspannungstrassen, ohne Landkarte, ohne Navigator, zugleich kann ich diesem Gedanken kaum nachgehen, weil mir schon beim Denken kalt wird, wen will ich denn beeindrucken, schreibe ich nun doch noch einmal an CHARLEY, der ja wissen müsste, was ich meine, aber wen kümmert es denn, ob mir warm ist oder kalt, und deswegen, CHARLEY, werde ich aufbrechen, so oder so, werde losgehen, über die aufgeweichten Wiesen, durch die Kälte durch die Wärme, mit mir als Gesellschaft, was sagst du nun?

Die grüne Wollmütze aufsetzen, die Schuhe binden, aufhören zu schreiben zu überlegen: und dies ist mein letztes

Wort.

Verwendete Literatur

Roland Barthes, *Fragmente einer Sprache der Liebe*. Frankfurt: Suhrkamp, 1988.

Friederike Mayröcker, *brütt oder Die seufzenden Gärten*. Frankfurt: Suhrkamp, 1998.

Die den Kapiteln vorangestellten Motti stammen aus: Roland Barthes, *Fragmente einer Sprache der Liebe*. Frankfurt: Suhrkamp, 1988.

Entsprechend ihrer Reihenfolge im Buch finden sie sich im Originaltext auf den Seiten: 29/30, 189, 50, 79, 83, 70, 115/116, 204/205, 214, 50, 43, 97/100, 162, 47/48, 186, 59, 121, 218, 128, 170/171, 193, 211.